Reingegrätscht

Die Patrick Herrmann Biografie

SIBOST Verlag

SIBOST Verlag

S. Bomke

Neuheikendorfer Weg 123 A
24226 Heikendorf
www.sibost-verlag.de

Co-Autor: Michael Sindija

Lektorat: Lektorat Gedankengut

Korrektorat: Buchgezeiten

Bilder: Privatarchiv von Patrick Herrmann

Cover/Umschlagsgestaltung: Phantasmal Image

Satz/Layout: Florian Koßmann

ISBN 978-3-98595-7-798

Bildnachweis

Fotos auf dem Privatarchiv von Patrick Herrmann

REINGEGRÄTSCHT

DIE PATRICK HERRMANN BIOGRAFIE

Eine Karriere in Zahlen

Junioren

	TSV Wipshausen		
	Eintracht Braunschweig		
2003	VfL Wolfsburg		
2003 - 2007	Hannover 96		

Herren

2007 - 2009	Hannover 96	44 Spiele	2 Tore
2009 - 2009	Hannover 96	3 Spiele	
2009 - 2010	VfL Osnabrück	10 Spiele	

2009 - 2011	VfL Osnabrück	40 Spiele	1 Tor
2011 - 2019	Holstein Kiel	245 Spiele	2 Tore
2019 - 2021	Darmstadt 98	62 Spiele	
2021 - 2023	SC Weiche Flensburg 08		

Erfolge

2010 Aufstieg mit dem VfL Osnabrück in die 3. Liga

2013 Aufstieg mit Holstein Kiel in die 3. Liga

2017 Aufstieg mit Holstein Kiel in die 2. Liga

Vorwort

Patrick Herrmanns Vater

Wir sind am 04.10.1989 geflohen. Da gab es schon Montagsdemonstrationen, und viele DDR-Bürger hatten in diesen Tagen kurz vor der Wende den Mut, das Land und ihre Heimat zu verlassen.

Mag sein, dass es durch die Vielzahl an Flüchtlingen leichter war zu fliehen – sicherer und weniger gefährlich, gerade mit zwei kleinen Kindern, war es mit Sicherheit nicht. Wir trugen den Gedanken an die Flucht schon ein gutes halbes Jahr mit uns herum, und auch die Möglichkeiten, wie man von einem Teil Deutschlands in den anderen kommen könnte, wurden abgewogen, so gut das damals alles ging.

Wir sind mit unserem Trabant zum Bahnhof gefahren und von dort mit dem Zug nach Polen, genauer gesagt in die Hauptstadt Warschau. Da haben wir eine Nacht geschlafen und sind dann am nächsten Morgen von Warschau über Ostberlin nach Hannover gefahren. Auch da mussten wir eine Nacht überbrücken, bevor wir in einem Auffanglager in Bad Eilsen aufgenommen wurden, das extra für die vielen Republikflüchtlinge aus dem Osten errichtet worden war. Dort verbrachten wir vierzehn Tage.

Ich war gesundheitlich mit meinen Gallenproblemen nicht richtig auf der Höhe, was die Flucht und die damit verbundene Angst nicht erleichterte. Die Angespanntheit und die Panik, erwischt zu werden, waren immens. Das berüchtigte Gefängnis in Bautzen, im Volksmund nur „Gelbes Elend" genannt, wo hauptsächlich politische Gefangene und Republikflüchtlinge unter teils menschenunwürdigen Zuständen einsaßen, war vielen DDR-Bürgern ein Begriff. Gott sei Dank ging alles gut und wir haben es „rüber" geschafft.

Auf der Fahrt von Warschau nach Hannover musste meine Frau, die Krankenschwester war und immer noch ist, mir sogar eine Spritze geben. Auch im Auffanglager ging es mir nicht besser, sodass ich nach wenigen Tagen in ein Krankenhaus eingewiesen und schließlich sogar notoperiert wurde. Glücklicherweise konnte ich das Krankenhaus bald wieder verlassen, sodass wir wieder alle zusammen waren.

Durch einen Verwandten kamen wir an eine Sozialwohnung, die sich in unmittelbarer Nähe des Fußballstadions von Eintracht Braunschweig befand. Dort lebten wir ein halbes Jahr, bis meine Frau und ich Arbeit fanden und sich die Dinge im Westen für uns als Familie langsam einspielten. Wir zogen dann in eine normale Mietwohnung in Braunschweig-Weststadt.

Beim Schreiben dieser Zeilen fällt mir ein, dass wir in Warschau auf ein Kamerateam stießen, das eine Reportage über die Flüchtlinge und deren Beweggründe in diesen Tagen machte. Die wurde später von unserer Verwandtschaft gesehen, und so erfuhren sie überhaupt erst von unserer Flucht.

In der Regel war es so, dass die Wohnungen von Republikflüchtlingen geplündert, ausgeräumt, wie auch immer man das sagen möchte, wurden. Wir hatten, vielleicht auch durch den zeitlich geschichtlichen Faktor – dass die Mauer wenige Wochen später fiel und die Grenzen sich öffneten, das Glück, dass unsere Wohnung verschont wurde.

So konnten wir sogar noch persönliche Dinge und Wertgegenstände nachholen.

Alles in allem hatten wir sicher auch ein bisschen Glück bei unserer Flucht und allem, was danach kam, sodass wir dann als Familie gemeinsam den Weg in ein sicheres, selbstbestimmtes Leben beginnen konnten.

In dem Dorf, in dem wir gelebt haben, gab es nicht so viele Möglichkeiten, unsere beiden Jungs sportlich zu beschäftigen. Außer im Sportverein, in dem sich meine Frau als ehrenamtliche Trainerin engagierte. So kam Patrick zum Fußball, wobei er sicher auch die Möglichkeit hatte, es im Handball weit zu bringen. Da stand er ebenfalls in der Auswahlmannschaft. Patrick war ein Kind, das sich immer bewegen wollte und außergewöhnlich sportlich war, das haben wir dann versucht zu fördern. Schon als kleiner Junge war er sehr ehrgeizig, wobei sein Hauptaugenmerk dem Sport galt. Mein Sohn war ein guter Schüler, der nicht so viel lernen musste. Obwohl er sich, wie gesagt, früh auf den Sport konzentrierte, machte er sein Abitur, was wir als Eltern natürlich sehr gut fanden.

Eine kleine Episode fällt mir ein, da muss er so in der dritten Klasse gewesen sein. Unsere Nachbarin machte uns darauf aufmerksam, dass Patrick von seinem Zimmer aus vom Fenster auf das Dach kletterte und sich das Dorf ansah. Wir haben das dann verboten, aber ich denke, dass er sich nicht immer daran hielt.

Seine Profikarriere haben meine Frau und ich immer verfolgt und waren natürlich stolz darauf, wie weit er es im Profisport geschafft hat.

Stimmen für den Fußballgott

Mit „Hermi" habe ich von 2011 bis 2018 in einer Mannschaft gespielt. Ich glaube, dass das die beste Zeit von uns beiden war, wir sind etwa gleich alt und haben in dieser Zeit die Entwicklung von Holstein miterlebt. Er spielte grundsätzlich hinten rechts und ich habe vor ihm immer ein bisschen was probiert, ohne zu viel an hinten zu denken, weil ich wusste, dass ich mich immer auf ihn verlassen konnte.

Er hat wirklich alles weggeräumt! Wir haben zwei Aufstiege gemeinsam erlebt, mit Riesenpartys und Rathausbesuch. Das waren absolute Highlights in unserer Karriere. Während er dann weiter nach Darmstadt und Flensburg gestiefelt ist, habe ich mir immer gewünscht, dass er geblieben wäre oder wenigstens zurückkäme, was leider auch bisher nicht geklappt hat. Er hat ja nun seine

Trainerkarriere eingeschlagen, und vielleicht

zieht es ihn ja doch irgendwann zurück an die Ostsee nach Kiel. Ich bin sehr gespannt auf seinen Werdegang.

Neben dem Platz haben wir auch so einige Schlachten geschlagen, von denen „Hermi“ bestimmt einige in seinem Buch aufleben lässt.

Auch unsere Frauen haben sich immer gut verstanden, er und seine Marina sind ja gefühlt mit drei Jahren zusammengekommen, und ich würde schätzen, dass sie mittlerweile fünfzig Jahre verheiratet sind. Ich habe miterlebt, wie seine beiden Mädels zur Welt kamen (also jetzt nicht mit im Krankenhaus), und habe später auch zwei Mädels bekommen. Er schien so zufrieden, dass ich mir dachte, mache ich ihm das doch nach.

„Hermi“ hat gerne zum Grillen in seinem Garten eingeladen und wir verbrachten gerade nach Spielen den ein oder anderen Abend bei unserem Griechen. Da wir mehr Siege zu feiern hatten, als Niederlagen zu bedauern, haben wir da dann auch den ein oder anderen Ouzo genossen. Ich glaube, in den ganzen Jahren haben wir nur zwei Niederlagen eingesteckt – okay, das war ein bisschen übertrieben, aber ich würde schon sagen, dass wir mehr gewonnen haben als verloren.

Tim Siedschlag

„Hermi" ist der einzige Mensch, den ich kenne, der mit einem einzigen Happen einen Cheeseburger isst, so was habe ich vorher wirklich noch nie gesehen! Das mal so als Fun Fact.

Als Mensch ist er sehr korrekt und hilfsbereit. Er ist sehr beliebt und hat sich meines Wissens noch nie etwas zuschulden kommen lassen. Ich habe im Laufe meiner eigenen Karriere viele Spieler kennengelernt, aber „Hermi" ist absolut ein Fall für sich, zudem ist er für jeden „Scheiß" zu haben. Für seine Mannschaft hat er sich auf dem Platz zerrissen. Wir haben ihn „Die Schlange" genannt, weil er uns mit seinen Grätschen oft den Arsch gerettet und generell dem Team sehr geholfen hat.

René Guder

„Hermi" ist ein Spielertyp, der immer mit einhundertzehn Prozent Einsatz auf dem Platz stand. Du wusstest, wenn er in den Zweikampf ging, dann tat er das mit allem, was er hatte. Es gab da nur zwei Möglichkeiten: Entweder er gewann den Zweikampf, oder er foulte seinen Gegenspieler. Dass der Gegenspieler mit dem Ball am Fuß an ihm vorbeigekommen ist, gab es nicht. Ein sicherer Rückhalt auf der rechten Seite und ich habe immer gerne mit ihm zusammengespielt. Die sportliche Zeit, die wir miteinander als Teamkollegen hatten, war zudem sehr erfolgreich.

Unser Verhältnis zueinander würde ich als sehr intensiv beschreiben. Da wir fast Nachbarn waren, hatten wir zwei Rituale. Wir frühstückten vor jedem Heimspiel gemeinsam mit unseren Familien, was anscheinend auch Glück gebracht hat. Was mir auch im Kopf geblieben ist, sind die vielen gemeinsamen Abende, die wir ebenfalls mit unseren Frauen verbrachten. Wir haben gegrillt, Karten gespielt oder gemeinsam Fußball geguckt. Das waren immer lustige und entspannte Abende, an die ich immer noch gerne denke. Wobei man ihm schon nachsagt, dass er ein Händchen für Spiele aller Art hat und da auch oft das nötige Glück auf seiner Seite hat. Diese Kombination hat ihn fast unschlagbar gemacht und ich bin an so manchen Spieleabenden an ihm verzweifelt. Auch nach seiner Zeit bei Holstein sahen wir uns noch einigermaßen regelmäßig. Mal schauen, wie das in der Zukunft wird, da es mich durch den Sport von der Kieler Förde nach Sandhausen verschlagen hat. „Hermi" ist einer der wenigen Freunde, die ich durch den Fußball gefunden und behalten habe. Das weiß ich sehr zu schätzen.

Alexander Mühling

Als ich „Hermi“ das erste Mal gesehen habe, dachte ich, dass er deutlich älter wäre, als er war. Ich habe ihn auf dreißig geschätzt, er war aber wohl erst fünfundzwanzig. Das Gute daran war allerdings, dass er danach kaum gealtert ist und dann irgendwann jünger aussah, als er war.

Wir lernten uns in der Regionalliga-Saison kennen, in der Holstein Kiel den Sprung in die dritte Liga schaffte und ich ein paarmal mittrainieren durfte. Auf dem Platz kann ich über „Hermi“ nur sagen, dass er superzuverlässig war. Ich habe zwar meist linker Innenverteidiger gespielt, aber wenn ich mal rechter Innenverteidiger war, wusste ich ihn gerne an meiner Seite, denn „Hermi“ machte seinen Job zu einhundert Prozent und hat mich auf jeden Fall unterstützt, da ich ihm auch nicht groß helfen musste. Als junger Spieler war das eine extreme Stütze für mich.

Vom Spielertyp war er so, wie ihn sich ein Fan ausmalt. Unfassbar zweikampfstark und sich nie zu schade für einen Zweikampf. Er ist dahin mit dem Kopf gegangen, wo ich mir zwei- oder dreimal überlegen würde, mit dem Fuß hinzugehen.

Ich kann mich an eine Situation zu Drittligazeiten erinnern, da stand er hinter seinem Gegenspieler. Es kam ein langer Ball, ungefähr auf Hüfthöhe, und er ist wie von der Tarantel gestochen im Flugkopfball an seinem Gegenspieler vorbeigesprungen und hat den Ball weggeköpft. Das ganze Stadion ist aufgesprungen und hat ihn mit Sprechchören gefeiert. „Hermi" war unkaputtbar. Ich kann mich noch gut an ein wichtiges Spiel in Saarbrücken erinnern, wo er gefoult wurde und mit dem Knie im Rasen hängen blieb. Ich glaube, von hundert Fußballern hätten sich bei dieser Aktion neunundneunzig verletzt. Er hingegen ist aufgestanden, hat sich einmal geschüttelt und ist dann wieder auf seine Position gelaufen.

Abseits des Platzes war er super hilfsbereit und immer da, wenn man Hilfe brauchte, und für mich als junger Spieler auch außerhalb des Platzes eine Stütze. Dazu war er extrem lustig und liebte Herausforderungen, zu denen er seine Mitspieler aufforderte. Auch als ich dann nach drei Jahren zurück nach Kiel kam, fühlte es sich nicht an, als hätten wir drei Jahre nicht miteinander gesprochen. Wir hatten sofort wieder einen Draht zueinander.

Was „Hermi“ über die Jahre geschafft hat, ist, sich immer an das Niveau der jeweiligen Liga anzupassen. Er konnte immer das umsetzen, was der Trainer einforderte, und ich glaube, dass auch das eine hohe Qualität ist, die ihn auszeichnete. Alles in allem war er ein sehr netter, freundlicher und hilfsbereiter Mitspieler, jemand, mit dem man unfassbar gerne zusammengespielt hat.

Hauke Wahl

Wenn ich an Patrick Herrmann denke, fallen mir spontan zwei Sachen ein. Seine „komischen" Gelenke, mit denen er immer seine Probleme hatte. Das zweite ist eine Situation, die sich nach unserem Aufstiegsspiel in Großaspach ereignete, als er splitternackt mit seinen Fußballschuhen unter der Dusche stand.

Patrick war zu einer Zeit bei Holstein, als der Zusammenhalt sehr intensiv war und viel unternommen wurde. Vielleicht liegt das auch ein bisschen in der Natur der Sache, dass der Fokus, gerade auch medial in der dritten und vierten Liga, nicht so auf den Jungs liegt und das alles ein Stück weit unkomplizierter macht. Menschlich ist Patrick einwandfrei, ein absoluter Teamplayer und jemand, den man mit seiner Art einfach in der eigenen Mannschaft braucht.

Sebastian Süß

Was „Hermi" mit seinem Körper kann, habe ich bei noch keinem Profi gesehen. Er kann auf seinem großen Zeh laufen und die Hände in alle möglichen Richtungen verrenken. Ich glaube, dass andere Spieler, wenn sie das mit ihrem Körper gemacht hätten – und ich meine jetzt auch auf dem Platz –, sich in einer Bewegung vier Kreuzbandrisse geholt hätten.

Hermi ist absolut loyal, immer für dich da und ein totaler Familienmensch. Er ist sicher nicht der typische Fußballprofi mit teuren Klamotten oder Uhren, die so viel wie ein Mittelklassewagen kosten. Da ist er oft gegen den Strom geschwommen.

Was mich gefreut hat, war, dass er im Herbst seiner Karriere die Chance bekam, mit Darmstadt bei einem Top-Team der zweiten Liga auf dem Platz zu stehen, und das klasse gemacht hat. So gesehen, hat er alles richtig gemacht. Was man auch nicht vergessen darf: Er hat sich gegen jeden neuen Spieler auf seiner Seite durchgesetzt, auch als Trainer kamen wie Markus Anfang, der großen Wert auf spielerische Lösungen legte. Das war bei ihm sicher nicht das Gelbe vom Ei, aber so kam er zu seinem Spitznamen „Fußballgott", weil er sich in jeden Ball geworfen hat, auch wenn dabei manchmal einer auf der Tribüne landete. Wenn das Spiel lief, war er komplett in seiner Welt. Bei Standards gegen uns, wo er in meiner Nähe war, habe ich ihm oft gesagt, dass er wieder mal Luft holen soll. Ich weiß gar nicht, ob er das nach dem Spiel überhaupt noch wusste.

Kenneth Kronholm

Auf dem Platz war „Hermi" ein Wadenbeißer, ein richtig ekelhafter Gegenspieler, gegen den keiner Bock hatte zu spielen. Außerhalb des Platzes sind die „Spiele" legendär, und selbst wenn es etwas gab, das er nicht auf Anhieb konnte oder das ihm nicht so gut lag, dachte er sich Regeln aus, sodass er schlussendlich auch da meistens gewann. So wie bei unseren Uno-Abenden in Andalusien. Sein „Kartenspiel-Glück" ist so legendär und von einem anderen Stern, dass ich hier nicht weiter darauf eingehe.

Beim Tischtennis lief das recht ähnlich ab. Da wir beide sehr ehrgeizig sind und schlecht verlieren können, haben wir uns bei unseren Challenges gegenseitig gepusht und ganz schön duelliert.

„Hermi" ist schon sehr speziell und hat es auch mal geschafft, in kurzen Zeitabständen immer wieder die Dienste eines Fast-Food-Restaurants in Anspruch zu nehmen. So lange, bis ich ihm „wilde" Dinge über die Fleischzubereitung da erzählt habe, was dazu führte, dass er erst mal einen großen Bogen darum machte.

Als Typen sind wir grundlegend verschieden, aber so bodenständig, dass wir uns sicher auch deswegen so gut verstehen. Wir waren auch sicher beide nicht die talentiertesten Spieler, tragen aber das Herz auf dem rechten Fleck.

Am Anfang mochten mich Patrick und seine Frau gar nicht. Ich kam für ihn eher arrogant daher, obwohl ich das gar nicht war. Ich habe einfach nicht mit jedem gesprochen, und doch ist im Laufe der Zeit eine unfassbare Freundschaft daraus geworden. Aber das muss man an der Stelle auch mal ehrlicherweise sagen: Wenn unsere Frauen nicht in der Anfangsphase so guten Kontakt miteinander gehabt hätten, wäre damals sicher nie so eine Freundschaft daraus geworden. Das ging so weit, dass ich und meine Frau die beiden quasi zum Kinderkriegen und zum Umzug nach Mönkeberg überredet haben. Beides hat dann ja auch geklappt.

Auch vom Styling her bin ich Patrick stets ein guter Ratgeber, gerade auch was das Schneiden von Nasenhaaren und Augenbrauen angeht. Und ganz ehrlich: Glatze ohne Bart ist scheiße!

Abschließend haben wir beide auf dem Platz immer alles gegeben, uns nie geschont. Unser Spruch war dann immer, dass wir 2030 beim Tomorrowland Festival gemeinsam auf der Bühne stehen oder wenigstens auf Stühlen in der ersten Reihe sitzen wollten, und bis dahin ist ja noch ein bisschen Zeit.

Marc Heider

REINGEGRÄTSCHT

DIE PATRICK HERRMANN BIOGRAFIE

Mit dem Fußballspielen habe ich im Alter von sieben Jahren angefangen. Das war beim TSV Wipshausen, aber es war offen gesagt nicht so, dass ich da unbedingt hinwollte und Bock auf Fußball hatte. Der Hintergrund war eher der, dass ich zu der Zeit ein sehr aktives Kind war und auch Probleme hatte, abends ins Bett zu kommen. Ich war einfach nicht ausgelastet und meine Eltern haben sich dann überlegt, wie ich mich sportlich am besten entladen bekomme, und so hat mich meine Mutter mit zum Fußball genommen. Ich war schüchtern, hatte sogar Angst und wollte das gar nicht. Beim ersten Training musste meine Mutter Hand in Hand mit mir auf den Platz gehen, sonst wäre das vielleicht nichts geworden. Ich habe dann schnell Freundschaften geschlossen und wollte bald gar nicht mehr runter vom Platz, weil mir das Riesenspaß machte.

Wenn wir im Training etwas Spezielles trainierten, saßen auch mal Mitspieler auf der Wiese und pflückten Gänseblümchen. Das habe ich nicht so ganz verstanden. Ich war dann schnell derjenige, der die Spiele für uns entschieden hat. Es ging so weit, dass ich dann auch die Ecken reingebracht habe, weil die bei den anderen Jungs meistens flach reinkamen und man damit wenig anfangen konnte. Dass ich die Ecken schoss, hatte aber den Nachteil, dass dann in der Mitte keiner stand, der mit dem Kopf ähnlich gut war, um die Dinger ins Netz zu befördern.

Zu Hause war es so, dass ich mit meinem Bruder viel draußen war und wir Fußball spielten. Das hatte den Vorteil, dass meine Mutter, die oft Nachtschicht arbeitete, in Ruhe schlafen konnte und wir trotzdem laut sein konnten, ohne sie zu stören. Nur gegen unsere Hauswand, die zuweilen unser Tor war, durften wir nicht schießen, weil es dann ganz schön schepperte. Das gab auch schon mal Ärger.

Mit Stoffbällen spielten wir sogar drinnen, weil wir einen langen Flur hatten und die Türen oder der Schrank auf der jeweiligen Endseite die Tore bildeten.

Je älter wir wurden, desto härter konnten wir eben auch schießen, was sich auf Vasen oder Gegenstände auf Kommoden schon mal schlecht auswirkte. Dann bekamen wir ein Fußballverbot im Haus auferlegt. Wir hielten uns so lange daran, bis es draußen mal wieder regnete und wir dennoch nicht auf Fußball verzichten wollten und wieder im Flur standen. Einmal ging dabei sogar unsere Haustür zu Bruch, die leider auch einen gläsernen Teil hatte. Wir haben uns natürlich, bis meine Mutter nach Hause kam, eine schöne Ausrede zurechtgelegt und behauptet, wir hätten draußen gespielt. Als sie dann nach Hause kam, hat sie wirklich anders reagiert, als wir dachten, denn sie meinte, das könnte eben auch mal passieren. Was sie natürlich wunderte, war, dass die Scherben draußen lagen, was technisch schwierig ist, wenn man von draußen nach drinnen schießt. Daran hatten wir leider nicht gedacht.

Ich glaube, mir tat das richtig gut, dass ich einen Bruder hatte, der auch so Bock auf Fußball hatte und älter und dadurch auch stärker war. In der Jugend machen ja selbst ein paar Monate etwas aus, und da ich keine Lust hatte, gegen ihn zu verlieren, strengte ich mich immer doppelt an. So wurde ich früh schneller und kraftvoller und habe da schon gelernt, dass man auch mit seinem Körper spielen kann. Das hat mich dann mein Leben lang begleitet, und mal ehrlich: Ich bin ja nun nicht gerade für meine Übersteiger bekannt.

Sonst hieße das Buch ja nicht „Reingegrätscht“, sondern „Übersteiger“.

Ich wurde schnell physisch so stark, dass ich technische Fähigkeiten nicht gebraucht habe. Aber Fußball war dann nicht die einzige Sportart, für die ich mich begeistern konnte. Handball, Leichtathletik, Tischtennis – auch das weckte mein Interesse, und so kam es, dass meine Nachmittage gut ausgefüllt waren und ich bald ruhiger wurde. Irgendwann wurde die Zeit natürlich knapper, und der Aufwand wurde auch für meine Eltern groß, mich immer und zu jedem Training von den verschiedenen Sportarten zu fahren. So blieben dann nur noch Handball und Fußball. In beiden Sportarten war ich gleich gut, würde ich sagen.

Es gab sogar Tage, wo ich von meinen Eltern am selben Tag erst zum Handball- und dann zum Fußballtraining gefahren wurde. Daher musste ich wieder eine Entscheidung treffen, bei welchem Sport ich bleiben wollte.

Meine Handballtrainerin hat wirklich alles versucht, dass ich beim Handball bleibe. Sie hat nicht darauf bestanden, dass ich zu jedem Training erscheine, und mir angeboten, dass ich nur zu den Spielen komme. Sie hat sogar den Handballprofi Stefan Kretzschmar eingeladen, mit dem wir dann trainieren durften. Der zeigte uns, wie man von außen zur Mitte reinläuft, abspringt und dann mit dem Handgelenk um den Torwart herum den Ball quasi auf den Boden legt. Das war ein sehr schöner Tag.

Ich war wie gesagt gleich gut, bekam aber natürlich in dem Alter auch schon mit, welche Ablösesummen und Gehälter da bezahlt wurden. Ich habe mich dann gefragt, warum ich das nicht auch verdienen könnte, und blieb dann beim Fußball.

Beim Fußball war es jedoch schnell so, dass ich sogar der Beste in meiner Mannschaft war und sehr viele Tore schoss. In der zweiten Saison hatten wir dann aus irgendwelchen Gründen keinen Trainer mehr, und weil wir nicht wollten, dass der Verein uns abmelden musste, wurden wir dann ein Jahr lang von meiner Mutter und einem der Väter trainiert.

Unser nächster Trainer Uwe war es, der schnell merkte, dass ich besser war als andere, nicht nur in meiner Mannschaft, auch bei den Mannschaften, gegen die wir spielten.

Uwe war es dann, der mit mir zu einem Probetraining bei Eintracht Braunschweig fuhr. Das war für mich wirklich etwas ganz Besonderes. Auch da gelang es mir, im Training so aufzufallen, dass sie mich wirklich für ihre Jugendmannschaft haben wollten.

Bei der Eintracht war es so, dass ich als jüngerer Jahrgang immer bei dem nächstälteren Jahrgang mittrainierte. Damals spielte ich noch in der Offensive, wobei ich glaube, dass jeder kleine Junge, der mit Fußball anfängt, den Traum hat, möglichst viele Tore zu schießen.

Ich bin dann später Schritt für Schritt nach hinten durchgerutscht. Bei der Eintracht waren wir so erfolgreich, dass wir fast jedes Spiel gewannen, und gerade beim Schreiben dieser ersten Zeilen kommt mir die erste Niederlage in den Sinn. Ich weiß nicht mehr, gegen wen wir spielten und wie hoch wir verloren, aber dass ich danach aus Wut geweint habe, weiß ich auch heute noch sehr genau.

Was ich noch schlimmer fand, als das Spiel zu verlieren, war, dass meine Mitspieler nicht weinten. Die sind nach dem Spiel einfach zu ihren Eltern, die rund um das Spielfeld standen, und haben so getan, als hätten wir nicht gerade verloren. Das war auch eine von den Situationen, die bezeichnend dafür waren, dass ich damals schon

Ehrgeiz hatte und nicht verlieren wollte. Das war übrigens nicht nur beim Sport so, sondern grundsätzlich. Auch bei Karten- und Brettspielen legte ich mir im Vorfeld eine Taktik zurecht, wie ich möglichst erfolgreich spielen konnte. Deswegen habe ich jede Form von Glücksspielen gehasst, weil man da nichts beeinflussen konnte. Klar war der Spaßfaktor auch wichtig, aber Spaß und Gewinnen gehörten für mich zusammen.

Bei Braunschweig habe ich in der Jugend mit Justin Eilers gespielt, der es auch in den Profibereich geschafft hat und da unter anderem für Eintracht Braunschweig, Dynamo Dresden und Werder Bremen die Schuhe schnürte. Sein Vater hat uns dann trainiert und ging jeden Jahrgang mit uns mit.

So ging das immer weiter bei der Eintracht, vom Klein- dann irgendwann auf das Großfeld und in den höchsten Jugendligen. Von der Kreis- in die Bezirksklasse und für diverse Auswahlmannschaften wurde ich ebenfalls berufen. Bei der Niedersachsenauswahl tat ich mich allerdings schwer. Der Kreis der eingeladenen Kinder war groß, achtzig Kinder verteilt auf zwei Gruppen. Da war ich auch nicht einer von denen, die rausstechen konnten. Das hatte sicher auch mit meiner Schüchternheit zu tun. Ich konnte mich nie in den Vordergrund drängen, das konnten andere besser.

Als die beiden Gruppen zusammengelegt wurden, habe ich es gerade so geschafft, weiter dabeizubleiben. Ich hatte allerdings das große Glück, dass einer der Co-Trainer auf mich setzte. Er war schon mein Auswahltrainer der Bezirksliga gewesen und nun der Co-Trainer der Niedersachsenauswahl. So habe ich es dann sogar in die Startelf der Auswahl geschafft, nicht mehr im Sturm, sondern in der Innenverteidigung.

Wir hatten dann tolle Vergleiche gegen andere Bundesländer, und auch da konnte ich mich behaupten, was wiederum dazu führte, dass ich an DFB-Lehrgängen teilnehmen durfte.

Da war es dann aber so, dass es nicht mehr ausschließlich um Talent ging. Da ging es dann um die Größe und die Voraussetzungen, die man hatte und mitbrachte. Zudem hatte ich einen Bombenjahrgang auf meiner Position mit Mats Hummels und Jérôme Boateng, nur um mal zwei zu nennen. Die waren mir alleine von der Statur schon deutlich überlegen. Das führte unter anderem dazu, dass ich es in den DFB-Lehrgängen nicht weiter schaffte.

Für mich war das kein Problem, ich war schon stolz darauf, überhaupt eingeladen worden zu sein.

Bleiben wir chronologisch. Ich konnte mich in der Stammformation festspielen und wurde eine gestandene Größe. In der Braunschweiger Jugend habe ich neben Justin Eilers auch mit Toni Kierakowitz zusammengespielt, der, als ich bei Holstein Kiel unter Vertrag stand, mein Spielerberater war. Die Fußballwelt ist eben doch klein.

In der Zeit war schon ausgeprägt, dass ich körperliche Vorteile hatte, was Schnelligkeit und Power anging. Ich konnte immer noch ohne eine Finte oder einen Übersteiger meine Gegner ausdribbeln. Das prägte meinen Stil für meine spätere Karriere als Profifußballer.

Ich war nie ein filigraner Techniker, bei mir ging es immer über den Zweikampf, über Fitness und Dynamik.

Wie das meistens so war, bekam ich in der Braunschweiger Jugend das Gefühl, den für mich nächsten Schritt machen zu müssen. Denn natürlich macht man sich Gedanken darüber, ob man es als Profi schaffen würde und ob man es versuchen sollte. Ich sah meine Chancen beim VfL Wolfsburg größer und wechselte in der C-Jugend.

Ab diesem Zeitpunkt war ich ein „Zugkind“. Mein Leben sah so aus, dass ich nach der Schule mit dem Bus nach Hause fuhr, zu Hause schnell zu Mittag aß und dann zum Bahnhof gebracht wurde, um zum Training zu fahren. In Wolfsburg wurden alle Kids, die mit der Bahn kamen, dann von einem kleinen Bus eingesammelt, und es ging zum Training. Zurück ging es dann andersherum und ich war oft bis neunzehn, zwanzig Uhr unterwegs.

Zwischendurch musste ich dann noch Hausaufgaben machen, das hätte ich jetzt fast vergessen. In diesem Alter kommt natürlich auch mal die Faulheit etwas durch und es kam auch vor, dass ich die Aufgaben in der ersten Stunde bei Klassenkameraden abschrieb. Das war mein Ablauf – Schule und Fußball, viel Platz für anderes war da nicht. Freunde und Familie kamen da schon zu kurz, aber ich liebte es, Fußball zu spielen.

In Wolfsburg war das alles sehr leistungsbezogen und es wurde auch da schon selektiert. Am Ende des Jahres gab es eine Gesamtnote, denn jedes Training wurde bewertet, was ich gut fand. Es gab auch regelmäßig Feedback, woran man arbeiten sollte.

Familiär sollte ich vielleicht an dieser Stelle einfügen, dass wir aus bescheidenen Verhältnissen kommen. Wir hatten nicht viel zur Verfügung. Bevor die Mauer 1989 fiel, sind wir aus Berlin geflohen. Aber das ist eine andere Geschichte.

Worauf ich hier hinauswollte, war, dass durch die Fahrerei zum Training auch Kosten entstanden, die meine Eltern tragen mussten. In der ersten C-Jugend ging es dann darum, als junger Jahrgang den Sprung in die erste B-Jugend zu schaffen. Da gab es schon eine Ausbildungsentschädigung, wo es die ersten Verträge gab, genauer gesagt über einhundertfünfzig Euro.

Diesen Sprung wollte ich unbedingt schaffen, aber der VfL tat sich schwer, obwohl der Verein mir Talent bescheinigte. Zum gleichen Zeitpunkt war Hannover 96 an mir interessiert, und die boten mir an, als C-Jugendlicher in der B-Jugend zu spielen und mir eine Ausbildungsentschädigung zu zahlen, also musste ich nicht lange überlegen.

Ich machte den nächsten großen Schritt in meinem Leben und verließ den VfL, wo ich sogar Mannschaftskapitän war, und wechselte zu Hannover 96, wo ich meinen ersten Vertrag unterschrieb und als Schüler ein bisschen was nebenher verdiente, worüber ich sehr happy war.

In der Schule wurde ich leider immer schlechter. Ich war zwar ein sehr schlaues Kind, aber eben leider auch sehr faul. Die Folge dessen war eine Extrarunde in der achten Klasse, ich musste sie wiederholen. In eine neue Klasse zu kommen, ist, glaube ich, für die meisten keine angenehme Erfahrung. Bis auf einen Jungen, der aus dem gleichen Dorf kam, kannte ich niemanden.

Aber diese Extrarunde hatte auch etwas Gutes, um nicht zu sagen etwas sehr Gutes.

Ich lernte meine große Liebe, meine jetzige Ehefrau, in ebendieser achten Klasse kennen.

Sie suchte so ein bisschen den Kontakt zu mir und wir haben dann Zettelchen geschrieben. Später haben Marina und ich uns dann kleine Briefe geschrieben und Telefonnummern ausgetauscht. Wir kamen in der achten Klasse das erste Mal zusammen, für achteinhalb Monate. Trotzdem war und blieb ich eher ein schüchterner und zurückhaltender Jugendlicher, der sich eher über den Sport identifizierte. Das war damals schon mein Anspruch, im Sport der Klassenbeste zu sein. Geprägt hat mich das bis heute. Ich wusste mit unserer „Beziehung" nicht wirklich etwas anzufangen. Sie hat das Ganze dann beendet, bis es dann in der zehnten Klasse wieder begann. Wir hatten zu der Zeit in Deutsch das Thema „DDR" und ich habe als Ost-Kind für die DDR argumentiert und Marina für den Westen, sprich die BRD.

So kam es, dass wir wieder mehr Kontakt miteinander hatten und uns gut verstanden, gelegentlich miteinander SMS schrieben, und kurz vor einer Klassenfahrt haben wir dann beschlossen, es noch mal miteinander zu probieren. Das Miteinanderprobieren geht übrigens bis zu genau diesem Zeitpunkt, wo Sie diese Zeilen lesen, aber das wissen Sie ja schon, wenn Sie im oberen Absatz aufmerksam gelesen haben.

In Hannover wurde es dann noch mal leistungsbezogener und intensiver. Wieder musste ich die Schule, den Fußball und das Drumherum mit Bahnfahrten und abends Hausaufgaben machen unter einen Hut bekommen.

Ich lebte zu Hause zwischen Tür und Angel, so würde ich das im Rückblick bezeichnen. Gewohnt habe ich in der B- bzw. der A-Jugend schon nicht mehr zu Hause, sondern bei meiner Freundin. Wobei ich durch das ständige Unterwegssein und die wenigen freien Tage nicht wirklich ein Zuhause hatte, zumindest fühlte sich das für mich nicht so an.

Was in Hannover auch wieder blieb, war, dass ich als jüngerer Jahrgang bei den Älteren trainierte und mich da auch durchsetzen konnte. Wirkliche Probleme, die meine noch sehr junge Karriere fast beendet hätten, waren meine Rückenprobleme. Das ging fast ein halbes Jahr, das ich nicht Fußball spielen konnte und von Arzt zu Arzt rannte. Ich glaube, ich war bei sieben Ärzten, die alle unterschiedliche Diagnosen stellten. Einer sagte sogar, dass ich die Probleme ein Leben lang behalten würde. Eine harte Zeit, in der mir manchmal die Tränen liefen, aufgegeben habe ich dennoch nie. Der Zyklus zwischen Aufbau und Rückfällen wiederholte sich bis zu fünfzehnmal und ich wusste einfach nicht mehr, wie ich es in den Griff bekommen sollte. Diese ständige Ungewissheit, ob ich wieder in Ordnung kommen würde, nagte schon sehr an mir.

In der A-Jugend hatten wir dann einen Physio, der meine Probleme in den Griff bekam, und ab dem Zeitpunkt waren meine Rückenprobleme wie weggeblasen.

Ich träumte wie so viele in meiner Mannschaft davon, den Sprung zu den Profis von 96 zu schaffen.

Obwohl ich einer der Spielstärksten war, wollte mich der Trainer der damaligen zweiten Mannschaft, der U23, aber gar nicht haben. Auch dem war ich mit meinen 1,80 Metern wohl zu klein.

Wie es dann im Fußball öfter mal vorkommt, ging der Trainer kurz vor dem Ende der Saison, und sein Nachfolger wurde ein Übungsleiter aus der B-Jugend, der mich kannte und mich dann mitnahm. Da hatte ich wirklich sehr viel Glück, dass ich zur für mich richtigen Zeit am richtigen Ort war, dann eine Chance bekam und die durch gute Leistungen zu nutzen wusste. Denn talentierte Nachwuchskicker gab und gibt es in jedem Jahrgang eine ganze Menge. Bei den Amateuren verdiente ich schon ganz okay, und so konnten wir uns zusammen mit Marinas Ausbildungsgehalt die erste gemeinsame Wohnung leisten, in der auch ihr Bruder mit uns wohnte, eine schöne Dreier-WG. Hierfür bin ich wirklich sehr dankbar. Wir teilten nicht nur die Kosten, sondern auch den Platz vor der Konsole. Hier ging dann auch schon mal ein Kontroller zu Bruch, wenn mal wieder einer nicht verlieren konnte.

Den Wunsch, auf eigenen Beinen zu stehen, hatte ich früh, mit dreizehn oder vierzehn. Sicher auch etwas, das der Tatsache geschuldet ist, dass Kinder, die für den Hochleistungssport trainieren, möglicherweise schneller erwachsen werden. Dennoch werde ich meinen Eltern immer für so vieles dankbar bleiben, was sie mir ermöglicht haben, wenn ich alleine an die Fahrerei denke, für die sie einen Großteil ihrer eigenen Freizeit opferten.

In der Zeit bei den Amateuren wurde ich umgeschult, vom Innenverteidiger zum Rechtsverteidiger, weil mein Trainer damals auf dieser Position mehr Chancen für mich sah, um vielleicht wirklich eine Karriere im Profifußball zu machen.

Bei einem Spiel, das wir verloren, bei dem ich aber wohl ganz gut gewesen sein musste, sah der Trainer der ersten Mannschaft zu, damals war das Dieter Hecking. Der hatte gerade aufgrund von Sperren, Krankheit und Verletzungen einen Engpass in seinem Kader und es stand ein wichtiges Spiel gegen Schalke 04 im DFB-Pokal an. So kam es, dass ich für den Profikader nominiert wurde.

Das ist auch eine lustige kleine Randnotiz wert, denn jemand vom Betreuerstab versuchte mich einen Tag vor dem Spiel anzurufen. Da war die Abfahrt nach Gelsenkirchen, er erreichte mich aber nicht. Warum auch immer: Ich schlief zu lange und hörte das Telefon nicht. Der Verein schaffte es dann aber, meinen Vater zu erreichen, der sich direkt auf sein Motorrad setzte und so lange an unserer Haustür Sturm klingelte, bis ich wach wurde. Ich habe dann in aller Eile meine Klamotten gepackt und habe es gerade so geschafft.

Dieter Hecking suchte dann auch gleich das Gespräch mit mir und meinte, dass ich nicht nur einfach so mitgefahren sei, sondern auch von Beginn an spielen würde. Wir waren drei Jungs von den Amateuren, die mit dabei sein durften. Konstantin Rausch war auch mit von der Partie. Ich war extrem aufgeregt, weil mein Traum, bei den Profis dabei sein zu dürfen, im Begriff war, Realität zu werden. Der Spieltag zog sich endlos lang dahin und ich hatte Angst, mich durch eine unglückliche Bewegung schon vor dem Spiel zu verletzen.

Natürlich malte ich mir auch aus, was passieren könnte, wenn ich den Trainer der Profis überzeugen konnte. In der riesigen Schalke-Arena sein Debüt im Profibereich zu geben, war schon absolut beeindruckend. Leider haben wir 0:2 verloren. Die Kritik von Hecking für mich fiel jedoch positiv auf und ich durfte sogar bei Sky mein erstes Interview geben, noch voller Adrenalin.

Wir sind dann mit dem Mannschaftsbus wieder zurück, spät am Abend kam ich dann zu Hause an und konnte gefühlt die ganze Nacht nicht schlafen, weil mir die ganzen Eindrücke immer wieder durch den Kopf gingen. Im Nachhinein würde ich sagen, dass dieses Spiel der Türöffner für all das war, was da noch kommen sollte und von dem ich in diesem Buch berichten werde.

Im Anschluss an dieses Pokalspiel durfte ich weiter im Profikader dabei sein, verletzte mich aber kurze Zeit später blöderweise und war dann wieder raus.

Zum Training fuhr ich natürlich mit einer gehörigen Portion Respekt, denn im Kader standen Spieler wie Robert Enke, Mike Hanke, Jan Schlaudraff, um nur einige zu nennen.

In der Kabine hörte ich dann zumeist zu, weil ich mich ehrlicherweise auch kaum traute, etwas zu sagen. Selbstverständlich musste man dann als junger Spieler auch mal ein paar Trainingsutensilien auf den Platz tragen, Bälle aufpumpen oder das Fußballnetz anbringen. Das gehörte einfach dazu.

Gegen Ende der Saison wurde ich dann wieder zu der Ersten hochgezogen und durfte meine ersten Bundesligaspiele machen, auf die ich heute noch sehr stolz bin. Ich denke an das Spiel gegen den Karlsruher SC, wo wir schon 0:2 hinten lagen und mich Hecking schon in der ersten Halbzeit zum Warmlaufen schickte. Ich wurde dann auch wirklich noch im ersten Durchgang eingewechselt und leitete mit einer Grätsche sogar unseren Anschlusstreffer ein. Das zweite Tor leitete ich ebenfalls ein und wir drehten das Spiel und gewannen 3:2. Viel besser kann man eine Bundesliga-Karriere nicht beginnen. Daraufhin durfte ich gegen den damaligen deutschen Meister, den VfL Wolfsburg, ebenfalls spielen. Da haben wir mit 0:5 aber eine ziemliche Abreibung bekommen.

Heute erinnere ich mich dennoch sehr gern an dieses Spiel, einfach weil ich dabei sein durfte, zudem saß meine Frau auf der Tribüne.

Nach dem Spiel sprang dann zu allem Überfluss mein Auto nicht an. Ich hatte wohl das Licht angelassen. Mir war das peinlich, zumal ich auch nicht wusste, ob die Presse das aufgreifen würde, wenn sie davon Wind bekäme. So nach dem Motto: Erst fünf Gegentore und dann gibt das Auto den Geist auf.

Ich habe dann mit meiner Frau abgemacht, dass sie versuchen sollte, das Auto wieder flottzumachen, während ich vorgehen und ein paar Ecken weiter zusteigen würde.

Sie hat dann einen Taxifahrer angesprochen, der glücklicherweise ein Überbrückungskabel dabeihatte und das Auto mit etwas Strom für die Batterie versorgte. Nun musste meine Frau mit ihren hochhackigen Schuhen – sie hatte sich extra für diesen Tag schick gemacht – das Auto anschieben und hat es so zum Laufen gebracht. So konnte sie mich dann an der nächsten Ecke einsammeln.

Zwei richtig besondere Spiele gab es in dieser Zeit für mich, genauer gesagt 2005, als der Confed Cup, das Vorbereitungsturnier auf die Heim-Weltmeisterschaft 2006, in Deutschland stattfand. Das Team von Argentinien logierte bei uns in der Nähe und war auf der Suche nach einem Sparringspartner für ein Trainingsspiel. Der argentinische Verband fragte dann bei Hannover 96 an. Das war die Zeit, als ich in der U23 spielte. Wir sollten zu einer untypischen Zeit zum Training kommen und keiner sagte uns den Grund, zudem sollten wir Spielklamotten tragen.

Als ich dann mit dem Zug und der Straßenbahn am Stadion ankam, sah ich schon einen Bus mit argentinischen Stickern, und da hatte ich eine kleine Vorahnung. Wir durften dann wirklich gegen die argentinische Nationalmannschaft spielen. Leider war Messi damals noch nicht im Team, aber die hatten eine tolle Truppe, ein absolutes Highlight, obwohl sie natürlich nicht richtig aufzogen, weil sich keiner verletzen wollte. Gefühlt kamen wir gar nicht aus dem eigenen Sechzehner heraus.

Ein Jahr später bei der WM im eigenen Land kam die gleiche Anfrage, allerdings nicht von Argentinien, sondern von der französischen Nationalmannschaft. So durften wir wieder als Sparring-Team gegen Zidane, Barthez und Co fungieren. Ein tolles Erlebnis! Wir verloren 2:4 und den Franzosen gefiel das so gut, dass wir noch mal gegen sie spielen durften. Leider war ich da verletzt und konnte nicht auf dem Platz stehen.

Als die Saison dann zu Ende war, wollte mir 96 einen Profivertrag geben. Ich hatte noch ein Angebot vom VfL Osnabrück, der gerade von der zweiten in die dritte Liga abgestiegen war. Die Entscheidung fiel mir nicht leicht. Ich ging dann nach Osnabrück, weil ich dachte, ich würde mehr Spielzeiten bekommen und wir könnten direkt um den Aufstieg mitspielen. Bei 96 hätte ich Steven

Cherundolo vor mir auf meiner Position gehabt, einen absoluten Leistungsträger und Kapitän der Mannschaft. Bei den Profis hätte ich sicher mittrainieren dürfen, aber gespielt hätte ich vielleicht nur in der zweiten Mannschaft, die in der vierten Liga spielte. Also ging ich zum VfL Osnabrück.

Was auch noch ein Argument war: Ich bin jemand, der eine gewisse Routine in seinen täglichen Abläufen braucht, so habe ich mich immer am wohlsten gefühlt.

Marina hat zu der Zeit einen Ausbildungsplatz bei der Sparkasse bekommen und ich wollte mich erst mal ganz aufs Fußballspielen konzentrieren. Wir haben dann beschlossen, erst mal eine Fernbeziehung zu führen, und ich mietete mir in Osnabrück ein Ein-Zimmer-Apartment. Marina kam dann immer am Wochenende mit dem Zug zu mir, immer von Freitag bis Sonntag, so sah unser Privatleben dann erst mal aus. Schön ist sicher anders, aber es lief ganz gut so.

Jetzt hätte ich um ein Haar vergessen zu erzählen, dass ich in Hannover meine Schule beendet und mein Abitur gemacht habe. So hatte ich zumindest im Ansatz einen Plan B. Für die jungen Leser, die auch von einer Karriere im Leistungssport träumen, vielleicht nicht ganz schlecht, das an dieser Stelle mal zu schreiben.

In Osnabrück kam ich in eine Mannschaft, die gerade einen kompletten Umbruch hinter sich hatte. Von der Mannschaft, die abgestiegen war, blieben lediglich fünf Spieler an Bord, der Rest war ein völlig neu zusammengestellter Kader, in dem jeder erst mal versuchte, Fuß zu fassen oder seine Karriere aufzubauen. Die Truppe war homogen und sympathisch, aber wie es im Hochleistungsbereich ist, entbrannte sofort ein Kampf um die Stammplätze. Wir machten viel fernab vom Sport. Mir war immer sehr wichtig, dass ein guter Geist in der Mannschaft herrschte. Konstantin Engel wurde schnell zu meiner Bezugsperson, was so weit ging, dass er später bei unserer Hochzeit sogar mein Trauzeuge wurde.

Beim VfL stand ich gleich von Beginn an in der Startformation, musste dann aber auch erkennen, dass der Sprung von der Jugend zum Profifußball ein sehr großer ist. Man ist dann nicht mehr nur darauf bedacht, gut zu spielen, es geht darum, effektiv zu sein. Egal, wie du spielst, am Ende des Tages ist es nur wichtig, dass die drei Punkte bei deiner Mannschaft bleiben. Es ist dann auch so, dass nicht immer die leistungsstärksten Spieler auf dem Platz stehen, sondern die, die am besten zusammenpassen.

Damals habe ich es nicht verstanden, wenn ich nicht spielen durfte, weil ich meiner Meinung nach an meiner Leistungsgrenze spielte. Es war dann so, dass ich in meiner ersten Saison auch ein bisschen hintendran war, ich bekam in der Rückrunde aber noch mal die Chance und war nach ein paar Spielen wieder nicht gesetzt. Wir schafften dann tatsächlich den Sprung, als Drittligameister mit einem Punkt Vorsprung vor dem FC Erzgebirge Aue in die zweite Liga aufzusteigen.

Besonders im Kopf geblieben ist mir aus zweierlei Gründen das letzte Spiel bei Wacker Burghausen. Zum einen, weil wir knapp mit 1:0 gewannen und die Meisterschaft perfekt machten. Zum anderen, da ich aufgrund meiner Flugangst, die ich damals noch hatte, den Rückflug nicht mit der Mannschaft machte. Ich fuhr mit einem Betreuer im Mannschaftsbus zurück nach Osnabrück, hin waren wir alle mit dem Bus gefahren. Wir haben dann mit dem gesamten Verein und den Fans eine wunderschöne Aufstiegsfeier gehabt.

Am Tag darauf sind wir dann alle im Autokorso vom Stadion zum Rathausplatz gefahren, die meisten mit Sonnenbrille, weil für Schlafen nicht so viel Zeit gewesen war. Den ganzen Weg jubelten uns in dieser fußballverrückten Stadt die Fans zu. Wir durften uns dann in das Goldene Buch der Stadt eintragen, und vor dem Rathaus war eine Bühne aufgebaut, wo wir mit den Fans noch mal richtig Party machten. Das sind Momente, die man nie vergisst.

Außerhalb vom Fußball muss ich sagen, dass meine Ernährung nicht ganz so optimal war. Ich habe nie wirklich was mit Kochen am Hut gehabt. Da das Gehalt so gut war, dass man regelmäßig essen und vernünftig leben, aber nichts sparen konnte, ging ich zumeist mit anderen Spielern essen.

Wobei essen gehen jetzt ein großes Wort ist. Ehrlicherweise muss ich sagen, dass wir fast jeden Tag den Umsatz diverser Fast-Food-Ketten in Osnabrück ankurbelten. Als junger Bursche habe ich das in Verbindung mit Leistungssport locker geschafft. Wenn ich das heute machen würde, hätte ich mit Sicherheit Ähnlichkeit mit einem Hefekloß.

Es gab auch Tage, an denen zweimal trainiert wurde, und nach dem ersten Training saßen wir dann in der Kabine und spielten darum, wer das Essen bezahlen musste. Wir spielten dann „Asi-Poker" oder „Schnick Schnack Schnuck" darum, wer das Essen für teilweise zwölf oder dreizehn Spieler bezahlen musste. Glücklicherweise gewann ich öfter, als ich verlor. Oft machten wir es aber so, dass nicht nur einer, sondern zwei oder drei Spieler die Rechnung zahlen mussten, weil es für einen schon nicht wenig gewesen wäre.

Dazu fällt mir eine passende Geschichte ein, die auf dem Osnabrücker Weihnachtsmarkt spielt und sich auch um unser Spiel „Asi-Poker" dreht. Ein reines Glücksspiel, in dem man gewinnen oder verlieren nicht wirklich beeinflussen kann. Wir spielten darum, wer im Restaurant das Essen bezahlen musste. Irgendwann ging es dann in die Vorweihnachtszeit, wo der Osnabrücker Weihnachtsmarkt öffnete, und einer von den Jungs besorgte ein riesiges Kartenspiel, sicher vom Durchmesser DIN-A2-Format, und das hatten wir zu neunt mit auf dem Weihnachtsmarkt. Inmitten des vollen Marktes bildeten wir einen Kreis und einer mischte und teilte die Karten auf dem Boden aus.

Der Einsatz war, dass der Verlierer am nächsten Glühweinstand die kommende Runde für alle bezahlen musste. Natürlich hatten wir am nächsten Tag kein Training. Bei meinem Spielglück brauche ich wohl nicht zu erwähnen, dass ich den ganzen Abend keine einzige Runde zahlen musste, oder?

Generell ist es mal vom Essen weg ein Privileg, viel Zeit zu haben. Das habe ich während meiner Karriere immer so empfunden. Man hat in der Regel nur sehr wenig Verpflichtungen und kann auch nahezu jeden Tag ausschlafen. Das Problem dabei ist, dass außer mir unter der Woche am Morgen meine Freunde, die einer geregelten Arbeit nachgehen, keine Zeit haben. Andersherum war es dann so, dass, wenn ich „arbeiten" musste, sprich an den Wochenenden, die dann freihatten. Man musste dann schon auch verzichten, gerade was abends weggehen oder den Konsum von Alkohol anging. Aber ich war erstaunt, dass es bei Osnabrück am Abend vor einem Auswärtsspiel die sogenannte „Bierstunde" gab, wo jeder im Hotel ein alkoholisches Getränk bestellen durfte.

In dem Zusammenhang fällt mir ein Auswärtsspiel ein, zu dem wir mit dem Zug anreisten. Zwei Spieler tranken im Bordbistro das ein oder andere alkoholische Getränk, was leider auch „normale“ Zugreisende mitbekamen. Der Trainer schickte die beiden dann auf halber Strecke nach Hause. Gott sei Dank gewannen wir das Auswärtsspiel trotzdem.

Auf der anderen Seite habe ich im Laufe meiner Karriere des Öfteren festgestellt, dass, je wichtiger ein Spieler für einen Verein ist, er umso mehr Freiheiten hat. Das geht natürlich nicht endlos und ist auch mit Abliefern auf dem Platz verbunden, aber das ist schon so!

In dieser ersten Saison in Osnabrück ist mir das erste Mal bewusst aufgefallen, welche Macht die Medien haben, wenn du nach jedem Spiel bewertet und kommentiert wurdest. Die Zeitungen gaben mir ganz gute Kritiken, das war aber nicht stimmig mit dem, was der Trainer von mir verlangte. Das in Einklang zu bringen, war oft nicht leicht, gerade für einen jungen Spieler. Dann fragten natürlich auch Freunde oder Familie, warum du nicht spielst, da du ja, wenn du gespielt hast, gute Bewertungen bekommen hast. Das ist dann auch schwierig, weil man sich dann nicht hinterfragt und die Schuld, warum man nicht spielt, bei anderen sucht. Das war auch etwas, das ich lernen musste. Kritik sollte immer bei sich selbst beginnen, nie bei einem Mitspieler oder einem Trainer.

Der Aufstieg in die zweite Liga war aber noch für etwas anderes wichtig!

Ich hatte des Öfteren mit der Mutter meiner Freundin darüber gesprochen, dass ich Marina gerne heiraten würde, wenn wir in die zweite Liga aufsteigen würden. Das war der nächste Schritt, den ich sehr gerne in der Beziehung gehen wollte, und ich besorgte auch Verlobungsringe.

Wir buchten nach dem Ende der Spielzeit einen Urlaub in Ägypten, wo ich sie fragen wollte. Sharm el Sheikh, eine bombastische Anlage mit einem klasse Hotel. Mein Plan für den Antrag war ein Sonnenuntergang am Strand, so hatte ich mir das ausgemalt. Das Problem war, dass die Sonne auf der anderen Seite unterging und der Strand voller Soldaten war.

Jetzt hatte ich erst mal ein „Problem", denn ich wollte ihr den Antrag unbedingt in diesem Urlaub machen. Wo Sie mich beim Lesen jetzt schon ein bisschen kennengelernt haben, wissen Sie ja bereits, dass ich von meiner Art eher ruhiger bin. Wie also sollte ich das anstellen?

Den Ring hatte ich in meiner Hosentasche immer dabei und wartete auf den richtigen Moment. An einem Abend war es dann so weit, wir hatten schon ein Glas getrunken, lagen an einem wunderschönen Strandpool und sahen entspannt in die Ferne.

Den Moment habe ich dann genutzt, mit Kniefall!

Geheiratet haben wir dann wohl typisch für einen Fußballer in der Sommerpause zwischen meinem Wechsel von Osnabrück nach Kiel. Ein tolles Erlebnis und ein wunderschönes Familienfest mit anschließender Hochzeitsreise in die Dominikanische Republik.

So gut, wie das erste Jahr beim VfL endete, so schlecht fing das zweite für mich persönlich an. Mir wurde sehr spät in der Saison offenbart, dass sie das kommende Jahr ohne mich planten. Ich hatte zwar einen Vertrag, also konnten sie mich nicht so einfach loswerden, aber die Perspektive war eben weg. Je später man so etwas erfährt, desto schwieriger ist es auch, etwas für sich Passendes zu finden.

Ich habe nichts gefunden und habe dann mein noch gültiges Vertragsjahr in Osnabrück in Anspruch genommen. Es sah allerdings so aus, dass ich mit der zweiten Mannschaft vorliebnehmen musste, die in der fünften Liga spielte. Das war schon ein Knick für meine Karriere, obwohl ich die Situation so angenommen hatte.

Das Positive an diesem Jahr war, dass ich wieder so richtig Spaß am Fußball hatte, denn in der Ersten und auch zuvor in Hannover ging es nur darum, das passende Ergebnis zu erspielen. Jetzt ging es um Entwicklung und das Ergebnis war eher zweitrangig, dennoch spielten wir eine gute Saison, und ich lernte besser mit Druck umzugehen.

Mein Berater hielt das ganze Jahr über Augen und Ohren offen, wobei die Gespräche für einen Vereinswechsel im Sommer zumeist erst ab Januar oder Februar starten.

Sicher blickte ich während dieses Jahres auch immer mit einem Auge auf die erste Mannschaft, die eine sehr wellenförmige Saison spielte. Die Mannschaft steckte im Abstiegskampf, und immer wenn ein entscheidendes Spiel anstand, schafften sie es, als Gewinner vom Platz zu gehen. Das ging lange Zeit gut, bis sie in einen Strudel aus Niederlagen gerieten und der Verein den Trainer freistellte.

Das wiederum war meine Chance, denn der Interimstrainer war mein Trainer aus der zweiten Mannschaft. Das war Joe Enochs, mit dem ich mich super verstand und der dann als Cheftrainer später selbst die erste Mannschaft des VfL Osnabrück betreuen sollte. Allerdings erst vier Jahre später, von 2015 bis 2017. Als sich der rechte Verteidiger verletzte, wurde ich in den Profikader hochgezogen. Ich kam zwar nicht zum Einsatz, war aber wenigstens wieder im Profikader.

So wirklich wichtig war das für mich nicht, denn durch einen Kontakt von einem unserer Trainer wurde ich mit Holstein Kiel in Verbindung gebracht beziehungsweise die auf mich aufmerksam. Der damalige sportliche Leiter bei Holstein war Andreas Bornemann. Der verlor gerade einen Rechtsverteidiger, der lange im Verein gewesen war und den sie dauerhaft ersetzen wollten. Ich führte dann mit Bornemann ein Gespräch in Havelse, wo Holstein gerade spielte. Wir sind dann recht schnell zusammengekommen, obwohl die gerade dabei waren abzusteigen, sodass ich in der vierten Liga spielen würde. Aber gefühlt war das vielleicht meine letzte Chance, mit Profifußball mein Geld zu verdienen.

Natürlich besprach ich mich mit meiner Frau und wir wogen alles ab, gerade was die Fahrerei anging, denn wir führten ja immer noch eine Form von Fernbeziehung. Meine Frau hatte gerade eine neue Stelle angenommen und Kiel war noch mal eine Ecke weiter weg und mit mehr Auto- oder Bahnfahren verbunden.

In Kiel habe ich mir dann auch das Trainingszentrum angesehen, das bei Weitem noch nicht so gut aufgestellt war wie heutzutage. Auch das Stadion hatte einen alten Charme und war noch nicht umgebaut. Wobei ich mit Osnabrück auch schon in Kiel gespielt hatte und zumindest das Holstein-Stadion mit seiner Atmosphäre kannte.

Holstein wollte auch sofort wieder hoch, und mein Ziel war es schon, höher als vierte Liga zu spielen, am besten erste oder zweite Liga.

So kamen wir zusammen. Wobei ich an der Stelle auch sagen muss, dass ich mich bis zum letzten Tag beim VfL professionell verhielt und in den Trainingseinheiten immer Vollgas gab.

Was dann für mich in Kiel gut war: Ich bin nicht als komplett Neuer in die Mannschaft gerutscht. Es waren viele ehemalige 96-Spieler, mit denen ich schon in der Jugend gespielt hatte, bei Holstein, unter anderem Morten Jensen, Fabian Wetter, Sofien Chahed und Jaroslaw Lindner. So fand ich direkt guten Anschluss an die Mannschaft, und ich muss auch sagen, dass, wenn ich jetzt beim Schreiben die ganzen Teams durchgehe, für die ich aktiv war, das sicher die charakterlich beste Mannschaft war, in der ich je gespielt habe.

Das größte Problem gleich zu Beginn war die Wohnungssuche, die in Kiel an sich schon schwierig ist. Ich suchte während der Kieler Woche, was dann noch mal verschärfte Bedingungen waren, weil die ganze Stadt auf den Beinen war. Ich kam dann erst mal in einem Hotel unter, bis es der Zufall wollte, dass ein Arbeitskollege meines Schwiegervaters in der Gegend eine Ferienwohnung hatte. Der münzte das dann so um, dass ich darin leben konnte, in einem gemütlichen Ein-Zimmer-Appartement. So konnte ich in Ruhe auf Wohnungssuche gehen und wurde dann auch fündig.

Zurück zum Sportlichen und den Mitspielern, mit denen ich Tag und Nacht verbracht habe. Wir trafen uns zum Frühstück oder sind bei gutem Wetter nach dem Training zusammen an den Strand gefahren, immer Minimum zehn Leute.

Ein unglaublicher Zusammenhalt, selbst unsere Frauen verstanden sich sehr gut, wenn Marina wie in Osnabrück auch schon von Freitag bis Sonntag mit dem Zug hoch in den Norden kam.

Dabei fallen mir gerade auch unsere Telefonate ein, die wir so oft führten und die eine oder anderthalb Stunden gingen. Jetzt muss ich noch nachschieben, dass auch das Telefonieren nicht gerade etwas ist, was ich gerne, geschweige denn oft mache. Ich redete von den anderthalb Stunden vielleicht fünf oder zehn Minuten. Den Rest der Zeit hörte ich Marina zu, was sie so erlebt hatte.

An den Spieltagen war es zumeist so, dass wir uns mit unseren Frauen bei Jaroslaw Lindner oder Rafael Kazior trafen. Wir sind dann irgendwann los zum Stadion und die Frauen kamen nach.

Nach dem Spiel trafen wir uns meistens alle beim Griechen, was uns allen einige legendäre Abende bescherte. Manchmal saßen wir noch beieinander, wenn das Restaurant für Gäste schon geschlossen war, und haben getanzt.

Playstation gezockt haben wir auch sehr gerne zusammen, sehr oft FIFA oder Call of Duty.

Gerade habe ich von den Telefonaten mit Marina erzählt, und immer wenn ich dachte, wir wären fertig mit Telefonieren, habe ich schon mal die Playstation gestartet und dann versucht, diesen Piepton, der beim Anstellen kommt, wegzuhusten, damit sie es nicht hört.

Natürlich hat sie das meistens gehört!

Was ich auch festgestellt habe: Je weiter unten man spielt, desto größer ist der Zusammenhalt. Wenn du in den ersten Ligen unterwegs bist, spürst du ständig den Erfolgsdruck.

Bevor ich zu meiner ersten Saison bei Holstein komme, habe ich eine für Holstein-Fans vielleicht noch ganz interessante Fußnote.

Am Tag unserer Hochzeit spielte mein neuer Verein im Finale um den Schleswig-Holstein-Pokal gegen den ewigen Rivalen VfB Lübeck. Holstein gewann und war somit für den DFB-Pokal qualifiziert. Die Auslosung zur ersten Runde fand während unserer Hochzeitsreise statt und bescherte uns ein Spiel gegen Energie Cottbus, wohin mein Trauzeuge Konstantin Engel wechselte.

Was es doch für Zufälle gibt!

Nur damit das jetzt niemand googeln muss: Das Spiel gegen Cottbus gewannen wir mit 3:0 und ich schoss das letzte Tor für uns. Ein guter Einstand in das neue Spieljahr, für den Verein und auch mich persönlich. Vielleicht hatte dieses erste Spiel auch etwas mit meiner besonderen Beziehung zu den Holstein-Fans zu tun und der Tatsache, dass sie mir den Spitznamen „Fußballgott" gaben. Konstantin spielte in diesem Spiel leider nicht, aber selbstverständlich tauschten wir beide hinterher die Trikots.

Die Saison lief ganz gut, und was mir fast am meisten in Erinnerung blieb, waren die weiten Auswärtsfahrten, die uns bis ins tiefste Sachsen nach Plauen und nach Meuselwitz in Thüringen führten. Wir hatten mit RB Leipzig und Halle aber auch richtig gute Gegner in der Liga.

Der Showdown um den Aufstieg brachte uns mit der zweiten Mannschaft des VfL Wolfsburg einen undankbaren Gegner, der uns in diesem Spiel früh die Grenzen aufzeigte und mit drei Toren Unterschied führte. Ich denke, wir waren dem Druck einfach nicht gewachsen, so simpel das jetzt im Nachgang klingt. Wenn wir gewonnen hätten, wären wir aufgestiegen, denn parallel dazu spielte Halle, die vor uns standen, auch nur unentschieden. Wir waren geknickt und die Busfahrt war entsprechend lang und zäh.

Was man in meinem ersten Jahr bei Holstein nicht unerwähnt lassen sollte beziehungsweise worauf ich natürlich noch näher eingehen muss, ist, dass wir als Viertligist eine Wahnsinns-DFB-Pokal-Saison spielten, die mit dem Sieg gegen Energie Cottbus ihren Anfang nahm. Anschließend gewannen wir mit 2:0 gegen den damaligen Zweitligisten MSV Duisburg.

Danach bekamen wir es mit einem Team aus der Ersten Bundesliga zu tun. Dem FSV Mainz 05, das Ergebnis war das gleiche. Da stand übrigens Thomas Tuchel für Mainz an der Seitenlinie.

In dem Spiel brach mir mein Gegenspieler Elkin Soto bei einem Zweikampf die Nase. Ich hörte sofort das Knacken und sah dann auch das Blut. Das Spiel habe ich trotzdem durchgespielt, frei nach meinem persönlichen Motto: Wenn ich noch laufen und nichts kaputtgehen kann, spiele ich!

Der Verein stellte uns nach den Spielen immer einen Raum zur Verfügung, wo wir mit unseren Frauen essen konnten. Meine Mitspieler warnten Marina schon vor, dass ich im Gesicht Züge eines Avatars hatte.

Das war die Zeit, wo wir uns aus dem Schatten des großen THW Kiel mit seinen unglaublichen

Erfolgen im Handball lösen konnten und der Fußball in der Stadt mehr in den Fokus geriet. Auch das mediale Interesse wurde größer. Der Höhepunkt war das Spiel gegen Borussia Dortmund, das wir dann als absoluter David gegen Goliath mit 0:4 verloren.

Die Umstände waren schwierig, das Spiel fand mitten im Winter statt und wir hatten keine Rasenheizung. Wir wurden dann gefragt, ob wir auch, um mehr Tickets zu verkaufen, nach Hamburg in den Volkspark ausweichen würden. Das kam für uns aber nicht infrage. Wir wollten den Heimvorteil nicht hergeben. Über den Rasen wurden dann Zelte gespannt, in denen Heizlüfter liefen, damit der Rasen halbwegs bespielbar war. Wir hatten sicher mindestens minus fünfzehn Grad, also im Grunde absolut kein Fußballwetter. In der Kürze der Zeit war das Spiel dann nicht mehr abzusagen, und so entschied der DFB, dass gespielt werden musste, auch bei gefrorenem Rasen. Es gingen weder Stollen- noch Noppenschuhe. Wir liefen mit Multinoppen über den Platz. Ich fand die Umstände schade, weil ich mich mit den Dortmunder Spielern auf einem fairen Untergrund messen wollte. Das ging nicht so richtig. Schlussendlich haben sie uns dann schon die Grenzen aufgezeigt, aber es war ein schönes Erlebnis. Auch den Trikottausch als kleine Erinnerung fand ich klasse. Gegen Mainz habe ich mit Eric Maxim Choupo-Moting getauscht, der anschließend auch eine tolle Karriere hingelegt hat und noch immer bei Bayern München aktiv ist. Gegen Borussia tauschte ich mit Robert Lewandowski! Das fand ich klasse, wobei ich auch immer ein Spieler war, der auch mal sein Trikot in die Fankurve warf. Gerade wenn die wieder mal ein tolles Plakat für mich gemacht hatten, war ich immer einer der Ersten.

Was nicht so schön war, aber in eine Biografie ebenfalls hineingehört, finde ich, war, dass wir nach dem Sieg gegen Mainz schon mit ein paar Bieren in der Kabine gefeiert hatten und im extra aufgebauten VIP-Zelt vor dem Stadion weiterfeierten. Dann kam es zu einer Live-Schalte, weil die Auslosung der kommenden Runde anstand. Wir sollten uns um unseren Trainer reihen, der live interviewt wurde. Wir freuten uns riesig, dass uns die Klopp-Elf zugelost wurde. Um uns herum und draußen vor dem Zelt rasteten die Fans aus und stimmten Sprechchöre an. Leider gingen diese auch sehr unter die Gürtellinie gegen den BVB und blöderweise stimmten viele Spieler in die Gesänge der Fans mit ein, was sich nicht gehörte. Aber wir hatten eine heftige Euphorie. Bedauerlicherweise wurden die Gesänge auch gehört und gesehen. Medial wurde das gleich aufgegriffen, auch von der BILD-Zeitung. Wir mussten uns dann entschuldigen – da wurde extra ein Video gemacht mit BVB-Fanartikeln in der Hand!

Ich habe mich gerne entschuldigt – ohne BVB-Fanartikel in der Hand. Unser Video wurde dann beim nächsten Heimspiel im Dortmunder Stadion gezeigt! Die Fans mussten herzlich lachen, weil sie das amüsant fanden.

Wenn ich an meine Zeit im Ganzen denke, wurde der Kader schon immer gehörig durchrotiert zu einer neuen Saison. Jedes Jahr wurde sicher die halbe Mannschaft gewechselt, sodass der Verein alle zwei Jahre einen komplett neuen Kader am Start hatte. Von den Jungs aus dieser Saison ist später außer mir, glaube ich, niemand in die zweite Liga aufgestiegen. Tim Siedschlag und Kenneth Kronholm waren dann die beiden nächsten, die über einen relativ langen Zeitraum im Verein waren.

Trotz all dem war der Geist in der Mannschaft immer gut, wobei sich das auch verändert, wenn du statt in der vierten dann in der zweiten Liga spielst. Es gibt dann auch schon mal jemanden, der lieber sein eigenes Ding macht. Ich hatte meinen Stammplatz, fühlte mich pudelwohl und wollte nicht weg aus Kiel.

Was für uns Spieler vor der zweiten Saison bei Holstein nicht so schön war, ist, dass die Sommerpause sehr kurz war. In der Pause gab es für jeden Spieler einen Laufplan, den er abarbeiten musste. Die Vorbereitung ging dann über acht Wochen, was richtig lang war und auch nicht üblich ist. Nach der Vorbereitung, als die Saison losging, hätten wir im Grunde schon die erste Pause gebraucht, so fühlten wir uns zumindest. Das Ziel war klar formuliert, wir wollten aufsteigen.

Allerdings änderte sich das Ligen-System. Die ostdeutschen Vereine bekamen eine eigene Regionalliga, um die weiten und kostspieligen Auswärtsfahrten zu unterbinden. Durch die zusätzliche Liga stieg der Meister in unserer nicht direkt auf, sondern musste in die Playoffs. Im Grunde ein Unding, dass der Meister nicht in jeder Staffel sofort aufsteigt, aber leider ein System, das es bis heute gibt. Wir wussten daher, dass unsere Saison mit den möglichen Playoff-Spielen sehr lang werden würde.

Während der Saison plante ich mit Marina unsere Zukunft, da sie ihre Ausbildung abgeschlossen hatte und sich Aufstiegschancen innerhalb ihrer Filiale anboten. Auch das immer noch währende Thema Fernbeziehung kam noch mal auf den Prüfstand. Wir haben viele Gespräche darüber geführt, was wir machen wollten, waren uns aber nicht gleich sicher.

Unsere damaligen und immer noch besten Freunde waren die Familie Heider – Justine und Marc. Marc spielte ebenfalls sieben Jahre bei Holstein, in den Jahren 2009 bis 2016. Sie hatten zu dieser Zeit schon ein Kind und brachten uns dann auch auf den Gedanken, über unsere eigene Familienplanung nachzudenken. Dieser Gedanke wuchs in uns, und gerade die Frauen, Marina und Justine, unterhielten sich oft über dieses Thema, da Heiders schon Nachwuchs hatten. Der Plan war, dass Marina entweder versuchen würde, in Kiel Arbeit zu finden, oder wir eine Familie gründen.

Das klappte nach einigen „Startschwierigkeiten“ gut und wir beschlossen, dass Marina gegen Ende ihrer Schwangerschaft von Peine nach Kiel ziehen würde, um dann zu sehen, welche beruflichen Möglichkeiten sich ihr boten. Wohlgefühlt hat sie sich recht schnell, durch den Kontakt zu den anderen Spielerfrauen, die sie von ihren Wochenendbesuchen schon kannte.

Sportlich lief die Saison trotz Rückschlägen gut. Wir waren konstant oben dabei und es zeichnete sich früh ab, dass der Meister entweder Holstein Kiel oder TSV Havelse heißen würde. Alles kam durcheinander, als während der Saison zwei Vereine Insolvenz anmeldeten und alle Spiele gegen diese Vereine aus der Wertung fielen. Doppelt ärgerlich für mich, dass ich mir in diesen „Spielen ohne Wertung" die Hand brach.

Wir trafen am vorletzten Spieltag auf Havelse, die bei einem Sieg gegen uns sicher in der Relegation gewesen wären.

Ich lag im Krankenhaus, meine Frau war hochschwanger und wir hatten beide leichte Anflüge von Panik. Wir hatten dann großes Glück und haben im Städtischen Krankenhaus ein Familienzimmer bekommen, weil wir uns dazu entschieden, unsere erste Tochter Nele dort zu bekommen.

Zum Glück ließ Nele sich jedoch so viel Zeit, dass ich entlassen wurde, zwar nicht spielen, mich aber um Marina kümmern konnte.

Für die geburtsvorbereitenden Untersuchungen waren wir immer gemeinsam im Krankenhaus. Da Nele sich nach wie vor Zeit ließ, stand die Frage im Raum, die Geburt einzuleiten. An einem Tag wurde bei einer Untersuchung gemessen, dass Neles Schulterpartie recht groß war und ein Restrisiko bestand, dass sie bei einer Geburt auf normalem Weg eine Lähmung im Arm bekommen würde, wenn man bei der Geburt zu heftig am Arm ziehen oder sie hängen bleiben würde.

Die andere Option war ein Kaiserschnitt, der schon am nächsten Tag gemacht werden sollte, so mussten wir schnell entscheiden. Wir entschieden uns für den Kaiserschnitt.

Das Erlebnis, bei der Geburt eines Kindes dabei zu sein, speziell beim ersten, ist einmalig und mit nichts auf der Welt zu vergleichen. Auf einmal wurden wir also Eltern.

Meine Hand wurde bis zu unserer Entlassung gut gekühlt, weil sie noch immer sehr schmerzte.

Das war einen Tag vor dem Havelse-Spiel, das verständlicherweise für mich in der Prioritätenrangliste an zweiter Stelle kam.

Spielen konnte ich ja wegen der gebrochenen Hand ohnehin nicht. Dennoch wollte ich unbedingt beim alles entscheidenden Spiel dabei sein. Wir mussten gewinnen und schafften das auch durch einen Doppelpack von Marcel Schied. Der Schiri pfiff ab und mir schossen die Tränen in die Augen, obwohl wir noch gar nicht aufgestiegen waren. Aber das ist vielleicht auch ein gutes Beispiel für Druck und Drucksituationen im Leistungssport. Die ganzen Emotionen von der Geburt und diesem Spiel entluden sich in diesem Moment.

Jetzt waren wir also zu dritt in Kiel und es drehte sich nicht mehr nur alles um den Fußball und meine Frau, sondern auch und vor allem um unsere Tochter Nele. Wir mussten uns also erst mal neu organisieren. Einen Großteil von dem, was man als Eltern so braucht, hatten wir schon besorgt, aber das Leben wurde so ein bisschen auf den Kopf gestellt.

Trotzdem hatte ich immer noch eine gebrochene Hand und wollte bei den letzten Spielen unbedingt dabei sein. Wir fanden auch einen Weg, indem wir aus einem speziellen Stoff eine Schiene bastelten, wo meine Hand so angepasst und gestützt war, dass ich im Spiel sogar Einwürfe mit der Schiene machen konnte. Beim DFB mussten wir das anmelden und zu meiner Freude wurde es genehmigt.

Das Hinspiel um den Aufstieg in die dritte Liga brachte uns mit Hessen Kassel einen echten Traditionsverein als Gegner und die Anspannung war spürbar. Aber wir schworen uns ein und wir hatten in Rafael Kazior einen wunderbaren Kapitän, der ebenfalls die richtigen Worte an die Mannschaft fand, indem er sagte, dass wir uns dieses vielleicht einmalige Erlebnis nicht nehmen lassen wollten. Das Hinspiel gewannen wir sicher mit 2:0 in Kiel und öffneten damit die Tür zur dritten Liga ganz weit.

Das Spiel in Kassel war der helle Wahnsinn, uns begleiteten zweitausend Fans inklusive eines Busses mit unseren Frauen. Vor dem Spiel legten wir uns eine Taktik zurecht, die voll aufging. Wir waren griffig und gleich im Spiel drin. Wir machten das 1:0 und ich kann mich jetzt beim Schreiben immer noch an die Gänsehaut erinnern, die mir über den Rücken rieselte. Denn jetzt brauchte Hessen Kassel vier Tore gegen uns. Sie machten dann vor der

Pause den Ausgleich und hatten sogar eine große Chance, in Führung zu gehen. Wir sind dann in die Pause und konnten erst mal durchpusten und schworen uns noch mal ein. Wieder auf dem Platz gingen wir in Führung und wussten in diesem Moment, dass wir uns das jetzt nicht mehr nehmen lassen würden.

Wir schauten dann ständig auf die Stadionuhr, die viel zu langsam, aber für uns lief. Kassel versuchte erneut, alles nach vorn zu werfen, aber sie spürten, dass sie es nicht mehr gegen uns schaffen würden. In den letzten Minuten gingen dann die Tore in den Fan-Blöcken auf und unsere Fans standen um das Spielfeld herum und sehnten den Schlusspfiff herbei. Irgendwann pfiff der Schiedsrichter ab. Dieses Gefühl, aufzusteigen, kann man schwer in Worte fassen. Pure Freude! Der Platz war voller Fans, Spieler und Betreuer, die sich in den Armen lagen und gemeinsam feierten.

Irgendwann saßen wir dann in passenden Aufstiegs-T-Shirts im Mannschaftsbus und sind zurück nach Kiel gefahren, wo uns schon Fans, Sponsoren und Mitarbeiter der Geschäftsstelle auf dem Stadionvorplatz erwarteten und mit uns die Nacht zum Tag machten. Eine rundum schöne Feier.

Am Tag danach trafen wir uns noch mal, allerdings nur, um unsere Laufpläne für die Ferien zu bekommen.

Eine Anekdote fällt mir noch ein, wo es um das Oktoberfest in München geht. Wir hatten geplant, mit der Mannschaft an einem freien Wochenende einen Ausflug zu machen. Am Ende waren es dann nur zwei, die sich auf den Weg in die bayrische Metropole machten: Marco Steil und ich, mit der Deutschen Bundesbahn und selbstverständlich in Absprache mit unserem Arbeitgeber.

Ein schönes Fest, alles war sehr entspannt. Sechs Wochen später hatten wir ein wichtiges Spiel gegen RB Leipzig, den Aufstiegsfavoriten dieser Saison. Wie es der Zufall wollte, machte ich in Leipzig ein Eigentor, für das ich letztlich nicht wirklich viel konnte, und Marco Steil verursachte einen Elfmeter. Wir verloren das Spiel. In der Endanalyse des Spiels kamen wir sogar darauf zu sprechen, dass der „Steilo" und der „Hermi" ja zum Oktoberfest gefahren sind, dass alles im Leben wiederkommt und dass das ja eine „unnötige" Fahrt von uns gewesen wäre. Wir waren also für dieses Spiel und diese Niederlage die Schuldigen, weil wir sechs

Wochen vorher trotz Einverständnis des Vereins an einem freien Wochenende eine „unprofessionelle“ Entscheidung getroffen haben!

Natürlich sollte die Zielsetzung des Vereins oberste Priorität haben, und alles, was abseits des Platzes passiert und kontraproduktiv ist, sollte besser sein gelassen werden.

In der Saison darauf war für uns natürlich vieles neu, denn wir waren jetzt ein Drittligist!

Was ebenso überraschend für uns war: In der Sommerpause schmiss unser Trainer Thorsten Gutzeit nach drei Jahren das Handtuch und verließ den Verein. Der Aufwand, den man mit der dritten Liga betreiben muss, war ihm zu hoch, deshalb trat er zurück. Er kam von der U19 Holsteins und trainierte dann drei Jahre die erste Mannschaft, mehr Erfahrung als Trainer hatte er nicht.

Sein Nachfolger war Karsten Neitzel, der, bevor er zu Holstein kam, fünfzehn Jahre als Co-Trainer beim SC Freiburg, einem Club in Japan und dem VfL Bochum gearbeitet hatte, bevor er fünf Monate Cheftrainer des VfL war.

So wurden also alle Karten neu gemischt, was die Verteilung der Stammplätze anging. In der

Vorbereitung merkten wir gleich, dass der neue Trainer einen anderen Spielstil prägen wollte. Mir kam das sehr zugute, denn seine Philosophie war „Mann-orientiertes Verteidigen", was viele Zweikämpfe und Eins-gegen-eins-Situationen bedeutete und dass man auf dem Platz einen direkten Gegenspieler hatte. Also alles wie gemacht für mich, weil ich genau so meine Stärken für die Mannschaft ausspielen konnte. Mein Ziel – und das wurde jetzt noch mal ein Stückchen ausgeprägter: Ich wollte immer besser sein als mein Gegenüber, mein Eins-gegen-eins-Partner. Wenn er tausend Schritte lief, lief ich trotzdem einen Schritt mehr. Egal, wie weit das war: Diesen einen Schritt mehr als mein Gegenspieler lief ich. So habe ich versucht, meine Gegenspieler immer zu zermürben. Der Spielstil von Neitzel führte sicher auch dazu, dass ich im Ansehen der Fans stieg, weil sie gesehen haben, dass ich immer alles gab. Das ging so weit, bis irgend wann die Fans vor den Spielen „Patrick Herrmann, Fußballgott" brüllten. Erst waren es ein paar, dann wurden es immer mehr, und dann rief es gefühlt das ganze Stadion. Was für eine große Ehre!

Wenn wir nach dem Warmmachen vor den Spielen noch mal kurz in die Kabine gingen und der Stadionsprecher die Aufstellung verkündete, hörte ich das Schreien der Fans, wenn ich mit der Nummer neunzehn vorgestellt wurde, bis in die Kabine. Das gab mir noch mal einen richtigen Push und auch das führte dazu, dass ich mich komplett in den Verein verliebte. Es war wie ein Zuhause für mich, in dem ich mich richtig wohlfühlte. Es hat einfach gepasst, und wenn es passte, konnte ich meine beste Leistung bringen.

Um das mit dem für mich passenden Spielstil an einem Beispiel festzumachen, erinnere ich mich an ein Spiel in Cottbus. Wir spielten eine Form von Manndeckung und mein Gegenspieler entfernte sich von mir, ich lief dann hinterher. Er bekam den Ball und dribbelte diagonal über den Platz bis auf die Verteidigerposition, und ich bin hinterher und ließ ihn nicht aufdrehen, machte immer weiter Druck. Ich klärte den Ball dann genau vor unserer Bank ins Aus und die ganze Bank tobte und feuerte mich an. Zum Einwurf orientierte ich mich dann mit ein, zwei Blicken und sah, dass Marlon Krause, mein damaliger Partner in der Innenverteidigung, seinem Gegenspieler ebenfalls quer über den ganzen Platz nachgejagt war und jetzt da stand, wo eigentlich ein Stürmer steht. Wir sahen einander an, mussten grinsen und sprinteten gemeinsam wieder nach hinten.

Diesen Spielstil von Karsten Neitzel habe ich aber auch so geliebt, weil jeder bei einem Gegentor sofort wusste, wer falsch gestanden hatte. Man konnte die Situation genau zuordnen.

Ich glaube schon, dass man sagen kann, dass wir diesen Stil unter dem Trainer für uns perfektionierten, und die Zuschauer auf den Rängen honorierten das.

Die Fans haben sogar mal eine Choreografie gemacht, wo sie etwas Spezielles gebastelt hatten. Mein Gesicht und meinen Körper, Arm in Arm mit einem vermummten Fan. Nach dem Motto: Gemeinsam schaffen wir alles. Das war schon beeindruckend, was die Fans sich ausgedacht haben. Einmal kam ein Fan zum Training und wollte ein Foto von mir haben, mit der Absicht, sich dieses Foto von mir auf seine Wade tätowieren zu lassen. Das Foto war die Vorlage für den Tätowierer. Von der Wade habe ich natürlich später auch ein Foto bekommen. Auch eine sehr große Ehre für mich, aber das fand ich schon heftig.

In die erste Drittliga-Saison gingen wir mit einer riesigen Portion Euphorie. Nach sechs Spieltagen standen wir ungeschlagen auf dem zweiten Tabellenplatz hinter dem SV Wehen Wiesbaden.

Was für ein Start. Wir wussten gar nicht so genau, wohin die Reise uns führen könnte und was in dieser Saison alles möglich wäre. So lange, bis wir eine ziemliche Delle bekamen. Die Euphorie war weg, und obwohl wir gut spielten, holten wir keine Punkte mehr. Auf einmal standen wir mitten im Abstiegskampf, nachdem wir dreizehn, vierzehn Spiele nicht gewinnen konnten.

Im letzten Spiel schafften wir den sicheren Klassenerhalt durch einen 3:1-Auswärtssieg bei Darmstadt 98, die den dritten Tabellenplatz, der zur Relegation gegen den drittschlechtesten Zweitligisten berechtigte, sicher hatten. Sie nahmen das Spiel eher dafür, Spielpraxis zu haben, wollten aber kein unnötiges Verletzungsrisiko eingehen. Das haben mir Spieler ein paar Jahre später, als ich selbst ans Böllenfalltor wechselte, so gesagt, und im Grunde muss man das auch verstehen.

Zu dem Zeitpunkt wussten wir das natürlich nicht, warfen alles rein, was wir hatten, und hielten die Klasse! Ein Megaerfolg für den ganzen Verein.

Privat lebten wir zu dritt als Familie in einer Mietwohnung, hielten aber immer Augen und Ohren offen, weil wir gegen „etwas" mit einem Stück Garten drumherum nichts einzuwenden hatten. Sicher auch, weil sowohl Marina als auch ich eher ländlich aufgewachsen waren und das so kannten und schön fanden. Marc Heider, der mit seiner Familie ein bisschen außerhalb von Kiel lebte, machte uns darauf aufmerksam, dass in seiner unmittelbaren Nachbarschaft gerade Wohnraum entstehen würde. Mit Einkaufsmöglichkeiten und Kindergarten um die Ecke. Wir sahen uns das an und beschlossen, dass wir gerne umziehen wollten, und wurden dann Nachbarn von Familie Heider. Definitiv unsere besten Freunde, mit denen wir superviel unternahmen. Bis auf das Jahr, in dem wir noch mal Nachwuchs bekamen, fuhren wir auch gemeinsam in den Urlaub. Das passt einfach, weil Marc vom Charakter auch eher ruhig ist.

Wir hatten dadurch, dass uns nur ein Reihenhaus trennte, eine Menge lustiger Abende, an denen wir zum Beispiel kniffelten, was das Zeug hielt, und der Verlierer anschließend immer etwas machen musste. Ich denke da gerade an Bauchplatscher in das Kinderplanschbecken oder mit nassem Gesicht eine Runde durch den Sandkasten robben. Sehr unterhaltsam!

Erwähnenswert ist, dass im Laufe der Jahre immer mehr Spieler von Holstein in unsere Gegend zogen, sodass wir fast schon eine „Holstein-Außenstelle“ hatten, mit Dominik Schmidt, Alexander Mühling, Christopher Lenz und Steven Lewerenz, um nur ein paar zu nennen. So bildeten wir auch gerne Fahrgemeinschaften zum Training, fuhren meistens auch gerne etwas früher und spielten auf dem Trainingsgelände noch eine Runde Darts oder Tischtennis. Auch da gab es heiße Duelle.

Wo ich gerade von Fahrgemeinschaften schreibe, fällt mir Fabian Wetter ein, mit dem ich ja schon in der Jugend von Hannover 96 gemeinsam spielte. Wir wechselten in derselben Saison zu Holstein und wohnten zu Beginn im gleichen Hotel. Er war auch einer von den Charakteren, die die Mannschaft prägten.

Fabian hatte damals einen Ford Fiesta und ein spezielles Ritual beim Autotür-Schließen. Er setzte sich ins Auto, ließ die Tür offen und fuhr los bis zur nächsten Laterne, an der er so vorbeifuhr, dass sich durch den „Kontakt“ die Tür schloss. Er machte auch gerne von seinem Autodach Abschläge mit dem Golfschläger, aber ich glaube, ich lasse das, jetzt hier weiter ins Detail zu gehen, und erzähle etwas, das sicher auch eine Menge Leute interessiert: Thema Tattoo!

Das war auch die Saison, in der Manuel Schäffler zu uns kam und die Mannschaft mit seiner Leidenschaft für Tattoos ansteckte. Manuel hatte aus vergangenen Münchener Zeiten eine gute Bekannte, die tätowierte und gelegentlich bei uns an der Küste Urlaub machte, was sie mit ihrer Arbeit kombinierte. Wir machten dann schon Termine aus und suchten uns Motive. Mich haben Tattoos immer schon interessiert, allerdings keine belanglosen, eher welche mit Bedeutung, die zu mir und meinem Leben passen. Unser damaliger Trainer sah das nicht so gerne, er hatte aber wohl eher den gesundheitlichen Aspekt im Auge und Bedenken in Bezug auf Hautirritationen oder Krankheiten. Wenn man sich frisch tätowiert im Spiel verletzt hätte, wäre das halt schlecht zu behandeln gewesen. Wir haben dann versucht, das geheim zu halten, und mit langen Pullis trainiert oder uns die Stutzen höher gezogen, wenn wir in dem Bereich von Mona verschönert worden waren.

Mittlerweile bin ich am Arm, auf dem Rücken und auf der Wade tätowiert. Motive, die viel mit meinem Leben und meinen Kindern zu tun haben.

An ein Spiel erinnere ich mich gerade, wo ich ein frisches Tattoo auf dem Rücken hatte, und zur Erklärung muss man wissen, dass ich unter dem Trikot kein weiteres Shirt oder Ähnliches trug. Bei diesem Spiel trug ich jedoch für den Fall, dass etwas passierte, ein Unterzieh-Shirt. In dem Spiel bekam ich tatsächlich einen Schlag gegen den Kopf, der so heftig war, dass er mit zwei oder drei Nadeln getackert wurde. Mein Trikot war komplett blutverschmiert und ich musste es wechseln. Das war mir natürlich nicht recht, weil ich dachte, dass der Trainer dann sieht, dass mein Rücken noch einfoliert war. Aber ich wartete, bis ich das Trikot gereicht bekam, und wechselte dann ruckzuck, ohne dass es gesehen wurde.

Am nächsten Tag stand eine Regenerationseinheit an und wir trafen uns alle im Schwimmbad. Das war für mich auch eher schlecht, aber ich hatte Glück, dass das Tattoo schon so weit abgeheilt war, dass es im Schwimmbad nicht bemerkt wurde.

osnabrück
2

famila

GAZPROM

19

BVB
KIELER S.V. HOLSTEIN

Uwe Seeler
Fußball
Park
adidas
URKUNDE

21
DÄHNE
famila
nospa.de

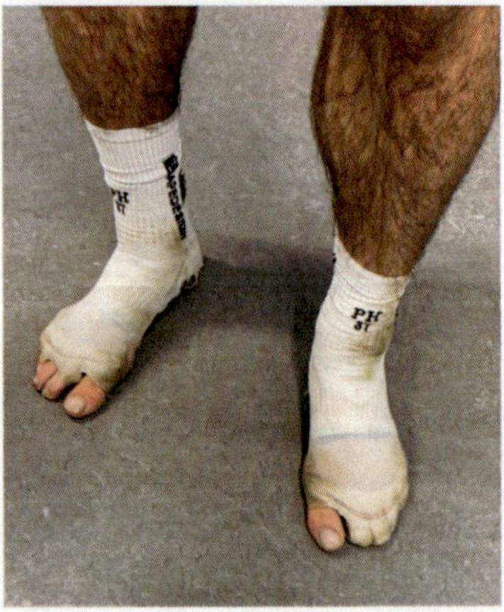
PH 37

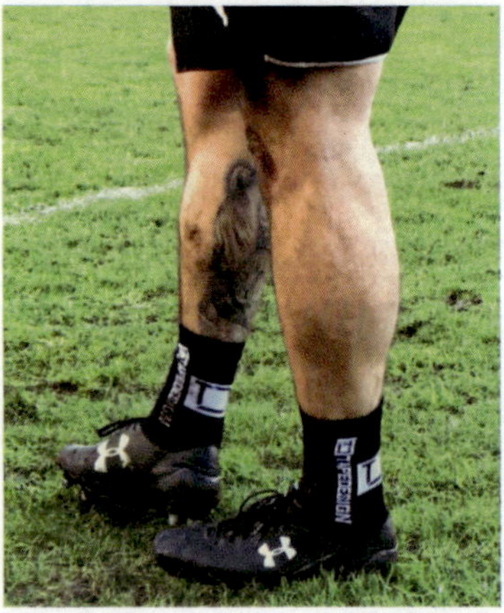

famila

Händlmaier
SENF & SAUCEN
SENF & SAUCEN
SAUCEN

DEINS AUCH
DU STORCH
HEIDI DEIN TRIKKO IS FALSCH RUM
20
19
11. 11. 2015
BRÖSEL

FUTURE
NO
LOGIC

An unsere Auswärtsfahrten denke ich auch immer mal wieder zurück.

Gerade die Fahrten in den Osten des Landes oder in den Süden zogen sich von Kiel aus ganz schön. Wir hatten über einen langen Zeitraum einen Poker-Koffer im Bus und vertrieben uns damit die Zeit. Selbstverständlich nicht nur so zum Spaß, sondern auch um ein paar kleine Einsätze. Mir selbst ging es in diesem Fall nie ums Gewinnen, ich wollte einfach ein bisschen Beschäftigung und die Zeit totschlagen. Mir wurde nachgesagt, dass ich Glück beim Pokern hatte, und tatsächlich stand ich fast jeden Monat im Plus, wenn wir abrechneten. Das ging sogar so weit, dass die Jungs sich gegenseitig zu Poker-Abenden einluden und ich nicht gefragt wurde.

Wobei wir im Bus zur Abwechslung auch gerne Wizard oder Uno spielten.

Im Bus zum Spiel kann man nur unterwegs sein, wenn man fit ist, und da sind wir auch schon beim Stichwort Verletzungen.

In Osnabrück hatte ich schon die ersten Probleme mit dem Knöchel, habe deswegen aber nie lange ausgesetzt. Im Nachgang später habe ich schon das ein oder andere Mal gedacht, dass es besser gewesen wäre, sich gründlicher auszukurieren. Jetzt im „Alter" merke ich das und zahle Tribut.

Wenn ich zum Beispiel einen Bänderriss hatte, habe ich immer zuerst gefragt, wie schlimm das ist und ob noch mehr kaputtgehen oder ob ich damit spielen kann. Denn Schmerzen waren mir immer egal, die konnte ich im Spiel wegdrücken, zur Not gab es dann immer noch Ibuprofen.

Gerade hatten wir schon ein bisschen mit dem Thema Glück zu tun, und davon ist das Thema Rituale vor einem Spiel nicht weit entfernt.

Der Spieltag war, bis ich dreißig war, komplett getaktet nach einem festen Ablauf. Ich hatte ein Armband, das ich auf eine bestimmte Weise in meiner Hand eindrehen musste, wenn ich es abnahm. Meinen Ring nahm ich immer in die Hand und visualisierte dann bei geschlossenen Augen bestimmte Dinge, die ich mir vorstellte. Beim Anziehen habe ich erst den linken Stutzen angelegt, dann den rechten, bei den Schuhen ebenso und bei den Schienbeinschonern umgekehrt. Bevor wir dann auf den Rasen gingen, musste ich immer mit den Beinen wippen, in Bewegung sein, damit ich auf dem Platz dann gleich im Spiel war. Ich konnte nicht still stehen. Zumindest dachte ich das. Mit dreißig, als ich schon eine Menge Spiele auf dem Tacho hatte, wurden die Rituale dann weniger. Ich behielt nur noch das mit den Schienbeinschonern bei.

Chronologisch gesehen war die Saison 2013/2014 vorbei und alle gingen in den wohlverdienten Urlaub. Zur neuen Spielzeit herrschte wieder einiges an Fluktuation, und von der Aufstiegsmannschaft waren die meisten schon nicht mehr im Verein. Auch noch zu erwähnen ist, dass ich in der gerade beendeten Saison Probleme mit einer weichen Leiste hatte, nah dran an einem Leistenbruch. Einfach und für Nichtmediziner erklärt, könnte man es so beschreiben, dass alles, was im Bauch ist, auf den Oberschenkel drückt und da rein will. Der Schmerz war schon heftig und meine ganze Saisonvorbereitung war nicht optimal, ich agierte gehemmt und spielte kaum in den Vorbereitungsbegegnungen. An der Stelle einen ganz lieben Dank an Basti Süß, der mich in Kiel über all die Jahre als Physio begleitet hat und das wirklich gut hinbekam. Allerdings fast zu spät, denn ich musste wie gesagt mit diesem Problem durch die ganze Vorbereitung durch und das erste Pflichtspiel stand vor der Tür. Wie es dann manchmal so ist, schmiss ich eine Schmerztablette rein, damit es irgendwie ging, und ich stand dann auch neunzig Minuten auf dem Platz, ohne einen einzigen Sprint machen zu können. Zum Glück war es das einzige Spiel, das ich so bestreiten musste, denn sicher bekommt man dann auch Angst um seinen Stammplatz.

Die Saison 2014/2015 würde ich für dieses Buch hier als eine richtig geile Scheißsaison bezeichnen.

Mein Ziel als Fußballer war es immer, mindestens in der zweiten Liga zu spielen.

So nah an der zweiten Liga dran gewesen zu sein und es dann nicht geschafft zu haben, ist richtig krass gewesen. Die Saison im Ganzen betrachtet, war ein stetiges Hoch und Runter in der oberen Tabellenregion. Wir waren nie ganz oben, aber auch nie wirklich weit davon weg. Irgendwann im Winter haben wir uns dann als Mannschaft zusammengesetzt und offen darüber gesprochen, wie groß die Chance ist, ganz oben hineinzurutschen, wenn wir eine wirklich geile Rückrunde spielen. Ab dem Zeitpunkt starteten wir eine Serie, in der wir ohne Ende Punkte einfuhren und den dritten

Platz erreichten. Der dritte Platz und die Teilnahme an der Relegation lösten aber keine Freude bei uns aus. Denn warum stieg der Dritte nicht automatisch auf, was sollte das mit der Relegation und zwei zusätzlichen Spielen? Trotzdem sahen wir das als Riesenchance und legten den kompletten Fokus auf die nun anstehenden beiden Spiele gegen 1860 München.

Im Hinspiel machten wir ein richtig geiles Spiel und erreichten ein torloses Unentschieden. Wir hatten sogar den Sieg ein paarmal auf dem Fuß, aber immer noch alle Chancen für das Rückspiel, das an unserem Hochzeitstag ausgetragen wurde.

Wir reisten einen Tag vorher nach München und durften alle zum ersten Mal in der Allianz-Arena spielen. Vorher durften wir ins Stadion und auf den Rasen, um uns mit den Gegebenheiten vertraut zu machen. Zuvor kam uns noch zu Ohren, dass Bayern München, der übergroße Stadtrivale der Löwen, uns die Daumen drückte. Das mit dem Hintergrund, dass, wenn die Löwen abgestiegen wären, sie ihre Heimspiele nicht mehr in der Allianz-Arena hätten austragen dürfen, denn die teilten sie sich mit den Bayern. Wobei der Begriff Untermieter wahrscheinlich der passendere ist.

Vor dem Spiel war alles normal, so als wäre es ein gewöhnliches und nicht das größte und wichtigste der Vereinsgeschichte gewesen. Rafael Kazior brachte uns nach nicht mal zwanzig Minuten in Führung, wir hatten sogar die Chance nachzulegen, und dann wäre sicher schon in der ersten Hälfte der Deckel auf dem Spiel gewesen.

Die Auswärtstore zählten in diesem Jahr noch doppelt, und die Löwen hätten sicher keine vier Tore gegen uns gemacht. So gingen wir mit einer verdienten Eintoreführung in die Pause und konnten die bis weit in die zweite Hälfte verteidigen. Erst zwölf Minuten vor Schluss gelang den Löwen der Ausgleich. Dann ging bei uns so kurz vor dem Ziel das Zittern los, weil wir wussten, dass wir weg wären, wenn sie noch eins schießen würden. Wir schmissen uns in alles rein, was auf unser Tor kam, und bis zum Ende der regulären Spielzeit verteidigten wir das Unentschieden. Nachfolgend kam ein Ball des Gegners auf unser Tor durch und knallte mit Wucht gegen den Pfosten. Von da ging er nicht ins Aus, zu unserem Keeper oder einem Verteidiger, sondern zu einem Spieler der Münchener, der sich das aus kurzer Distanz nicht nehmen ließ und den Ball ins Tor jagte.

Wir verloren und waren weiter Drittligist!

Mit dem Abpfiff durch den Schiedsrichter blieb die Zeit für einen Moment stehen.

In der Kabine sagte dann niemand ein Wort, komplette Stille. Wir haben uns dann wie in Trance fertig für die Heimfahrt mit dem Bus gemacht, in dem eigentlich unsere erste Aufstiegsfeier steigen sollte. Natürlich sahen wir die gekühlten Getränke und die extra für uns angefertigten Aufstiegs-T-Shirts.

Auch das war ein Moment, in dem einigen von uns die Tränen kamen. Ich rief dann im Bus meine Frau an und brachte kein Wort heraus, selbst mit Nele fiel es mir schwer zu sprechen. Meine Frau sagt, dass, obwohl wir auch Hochzeitstage hatten, an denen wir uns nicht einmal gesehen haben, das der schlimmste Hochzeitstag war, den wir bis jetzt hatten, weil ich einfach gar nicht gesprochen habe. Heute können wir darüber lachen.

Ich habe dieses Spiel erst nach über einem Jahr noch mal ansehen können, und beim zweiten Gegentreffer hätte ich wieder anfangen können zu weinen.

Die Fahrt zurück nach Kiel zog sich wie Kaugummi und ging fast die ganze Nacht. An Schlafen war nicht zu denken. Ich kann im Bus ohnehin nicht schlafen, und so lag ich die ganze Nacht wach.

Am nächsten Tag hatten wir (leider) eine Autogrammstunde im CITTI-Park Kiel, wo uns wahre Fanmassen erwarteten. Alle sagten, wie gut wir gespielt hatten und wie schade es war, dass uns eine Minute zum Aufstieg gefehlt hatte. Dieses „Ihr habt gut gespielt" will in diesem Moment sicher kein Fußballspieler der Welt hören. Alles gut gemeint, aber für den Moment wurde das Loch, in das wir fielen, so fast noch größer. Die Autogrammstunde mit Selfies ging den ganzen Nachmittag.

Jetzt im Nachhinein sehe ich es so, dass, so schwer das für uns alle war, es mir geholfen hat, es halbwegs zu verstehen. Die Fans munterten uns so weit auf, dass ich zu Hause mit meiner Frau und Nele wenigstens reden konnte.

Einen Nachtrag zur „Nichtaufstiegs-Saison" habe ich noch: Zum Ende der Saison begleitete uns ein Kamerateam und filmte alles, von den Relegationsspielen bis zu so noch nie gewährten Blicken hinter die Kulissen. Den Film kann man sicher noch im Internet kaufen, er heißt „Westring 501". Ich persönlich habe das gehasst, jetzt empfinde ich es als cool, weil es etwas für immer Bleibendes ist, das wirklich mit Liebe gemacht wurde. Für mich und die Routinen, die ich vor Spielen und generell brauchte – ich erzählte bereits davon –, war das einfach gar nicht meine Sache. Man war aber auch nicht so natürlich wie sonst aufgrund der ungewohnten Situation und ließ sicher auch den einen oder anderen Spaß untereinander weg, den man sicher ohne Kamerateam gemacht hätte.

Wobei ich das gerade allgemein formuliere, aber es eigentlich in der Ich-Form schreiben müsste.

Ich weiß nicht, ob das auch ein bisschen mit reinspielte, dass wir den Aufstieg nicht schafften, weil wir ja permanent unter Beobachtung standen.

Nach der Saison gingen wir in den Urlaub, auch wenn wir den sicher nicht so genießen konnten, und arbeiteten wie in jedem Urlaub unsere Laufpläne ab. Irgendwie schafften wir es, uns für die neue Spielzeit zu euphorisieren. Wir waren Dritter geworden und wussten um unsere Qualität, die wir im Team hatten. Wir hatten also Bock auf die Saison, die, wenn ich sie jetzt betrachte, nicht so erfolgreich war. So euphorisiert, wie wir zu Beginn noch waren, ging es dann im Saisonverlauf „nur" noch darum, den Abstieg zu vermeiden. Manchmal hatten wir das Gefühl, als würde alles gegen uns laufen, weil wir gefühlt immer einen Schritt zu spät am Ball waren, beziehungsweise gar nicht. Wir verloren viele Spiele, in denen wir selbst objektiv betrachtet besser waren. Bei allem muss man aber auch die Kirche im Dorf lassen – gut, dass ein Buch kein Phrasenschwein hat. Nach dem ersten Jahr dritte Liga und dem Klassenerhalt folgte der Fast-Aufstieg, und jetzt waren wir in der Normalität angekommen, und das tat dem Verein auch ganz gut.

Zu allem Überfluss hatten einige Spieler private Probleme mit ihren Partnerinnen, was leider auch in die Mannschaft getragen wurde und nicht leistungsfördernd waren. Das Ganze ging über Wochen und machte eine Menge Unruhe, und irgendwann war das Thema auch beim Trainerteam angekommen. Ich erinnere mich an ein Auswärtsspiel in Chemnitz, wo Karsten Neitzel der Kragen platzte und er meinte, dass er froh wäre, wenn die Saison geschafft wäre und man den Kader verändern könnte.

Wir waren nun endgültig in der dritten Liga angekommen. Intern hatten wir immer den Anspruch, mit Holstein um den Aufstieg in die zweite Liga zu spielen, weil der Kader immer gut war, wenn man vom ersten Jahr in der dritten Liga absieht, wo es nur darum ging, einfach drinzubleiben.

Privat war es in diesem Jahr so, dass wir über unsere Familienplanung nachdachten. Ich wollte zwei Kinder, Marina zwei oder drei. Darüber, dass der Altersunterschied nicht so hoch sein sollte, waren wir uns einig. Gegen Ende des Jahres wurde dann Romy geboren und bereicherte unsere Familie auf eine wundervolle Art und Weise.

Romys Geburt war ein von vornherein geplanter Kaiserschnitt und die Schwangerschaft verlief anders, weil wir durch Nele Abwechslung hatten und die Tage schneller vergingen. An dem Tag, an dem sie kommen sollte, sind wir wieder ins Städtische Krankenhaus gefahren, und Marina und ich waren viel entspannter, weil wir das Elternwerden schon erlebt hatten. Das Gefühl, zum zweiten Mal Vater zu werden und wieder bei der Geburt dabei gewesen zu sein, war unbeschreiblich. Als uns die Ärzte versichert hatten, dass Romy gesund und wohlauf sei, bin ich nach Hause gefahren und habe

Nele geholt, damit sie ihre Schwester auch kennenlernen konnte. Den Moment, wie sich die beiden das erste Mal begegneten, werde ich sicher niemals vergessen. Nele hat die Kleine mit einem Kuss begrüßt und sie gleich als kleine Schwester akzeptiert. Die beiden haben von Tag eins ein super Verhältnis zu- und miteinander.

Marina war in dieser wie auch in jeder anderen Phase unseres gemeinsamen Lebens ein sehr starker Rückhalt für mich, und ich denke nicht, dass ich ohne sie diese Karriere hätte machen können. Sie hat eine Menge allein machen müssen, wenn ich nur an die Fernbeziehung denke.

Ich denke, dass Frauen von Leistungssportlern viel zurückstecken müssen, wenn man an die Umzüge denkt, das Alleinsein und die alltäglichen Dinge, wo der Mann einfach fehlt, weil er entweder beim Training, beim Spiel oder in einem Trainingslager ist. Ich bin ihr sehr dankbar, dass wir das so geschafft haben. Durch die Geburt der Kinder hat dann alles noch mal eine andere Form bekommen, denn man wusste, wofür man sich durch jedes Spiel und die Trainingseinheiten schindet.

Wenn ich zu Hause war, habe ich natürlich als Papa versucht, immer mein Bestes zu geben und meiner Frau so viel abzunehmen, wie es ging. Sicher hat das aber auch mal gedauert, wenn ich vom Training kam und erst mal einen Moment brauchte, um herunterzukommen und in den Familienmodus zu switchen. Meist ging das mit einer Tasse Kaffee.

Fußball war dann nicht mehr das Wichtigste in meinem Leben, obwohl ich so fußballfixiert war. Aber das Wichtigste waren und sind ganz eindeutig meine Kinder.

Um den Fokus wieder auf den Sport zu lenken, sei an dieser Stelle gesagt, dass ich bei Holstein insgesamt vier Verträge unterschrieb, den ersten noch mit einem Berater, dem ich für alles, was er getan hatte, dankbar war. Aber die anderen Verträge in Kiel handelte ich selbst aus und war mir des Wohlfühlfaktors und der Tatsache, dass ich am liebsten gar nicht mehr wegwollte, auch immer bewusst. Mit Toni Tiakowitz, der eine Beraterlaufbahn einschlug und sich auch selbstständig machte, hatte ich das Abkommen, dass er mich in seiner Agentur listen konnte, vielleicht auch, um andere zu werben. Sobald ich den Verein wechseln wollte oder sollte, würde ich auf ihn zurückgreifen können.

Da ich hier chronologisch meine Zeit bei Holstein an mir vorüberziehen lasse, wissen die Fans natürlich genau, welche Saison ich nun beschreiben werde: 2016/2017, unsere Aufstiegssaison.

Vor der Saison passierte allerdings das, was immer passierte: Der Kader wurde erst mal gehörig durcheinandergewürfelt und wir haben wieder Qualität behalten und dazubekommen.

Einer, der schon eine Zeit dabei war, war unser Torwart Kenneth Kronholm, oft ein Garant für gewonnene Spiele. Rafael Czichos in der Innenverteidigung, der nach seiner Zeit in Kiel beim 1. FC Köln spielte, bevor er zu Chicago Fire in die USA ging. Dominik Schmidt, mit dem ich heute noch Kontakt habe und der einer der ehrlichsten Menschen ist, was den Fußball angeht, die ich in meinem Leben getroffen habe. Es gibt so viele, die Floskeln benutzen, was bei ihm nie der Fall war. Auch wenn ihn innerhalb der Mannschaft oder bei den Verantwortlichen etwas störte, hat er das stets offen und gerade zur Sprache gebracht. Davor hatte ich immer den größten Respekt! Auch wenn das zu Konflikten führt, ist es wichtig, innerhalb der Gruppe offen und direkt zu sein, und das habe ich definitiv von ihm übernommen. Ein wichtiger Baustein für Erfolg ist die Kommunikation.

Außerdem in der Mannschaft: Niklas Hoheneder, unser verrückter Österreicher, für den der Teamgedanke stets an erster Stelle kam. Einer, der die Mannschaft zusammengehalten hat. Auf Auswärtsfahrten war er ein gefürchteter DJ, indem er sich aus Utensilien des Mannschaftsarztes ein DJ-Pult bastelte. Mit Plastikbechern und seiner eigenen kleinen Anlage, die immer mit dabei war, sorgte er für Stimmung. Solche Aktionen gaben uns bei aller Anspannung auch die nötige Lockerheit, die man eben auch braucht, um erfolgreich Fußball zu spielen. In der Saison kam Alexander Mühling in unser Team, heute einer meiner besten Freunde, und ich habe wirklich nicht viele Freunde. Vom Charakter auch eher ruhig, so wie ich, brauchte er ein bisschen, um anzukommen, und hat dann aber so richtig bei Holstein gezündet.

Kingsley Schindler fällt mir ein, der als Kontrahent für mich geholt wurde und sich dann aber vor mir festspielte und zusammen mit Steven Lewerenz, Marvin Ducksch und Dominick Drechsler eine wahnsinnige Offensivachse bildete. Wir hatten eine hohe Qualität im Kader und auf dem

Platz. In dieser Saison hatten wir wirklich intern von Anfang an das Ziel ausgegeben, oben anzugreifen. Wir starteten holprig und hatten nach vier Spielen vier Punkte auf dem Konto. Einen Sieg, ein Unentschieden und zwei Niederlagen. Diese Momentaufnahme mit Tabellenplatz dreizehn kostete Karsten Neitzel bereits im August seinen Job als Cheftrainer bei uns.

Mit Ole Werner bekamen wir für zwei Spiele einen Interimscoach, mit ihm gewannen wir ein Pokal- und ein Ligaspiel. Danach wurde mit Markus Anfang ein neuer Cheftrainer verpflichtet. Der hatte im Profibereich noch keine Erfahrung, aber vor uns drei Jahre die U17 von Bayer Leverkusen erfolgreich trainiert. Er war der komplette Gegenentwurf zu Karsten Neitzel, von fast kompletter Manndeckung über den ganzen Platz zu der Idee, spielerisch Situationen zu lösen. Er brachte uns einen komplett neuen Stil bei, in dem Patrick Kohlmann und ich auf einmal nicht mehr die rechte Bahn belaufen haben. Wir standen fast auf der Sechserposition im Mittelfeld.

Ich kann mich noch an das erste Spiel unter Markus Anfang erinnern, ein Freundschaftsspiel gegen eine unterklassige Kieler Mannschaft.

Wir gewannen, und nach dem Spiel sahen Patrick und ich uns an und dachten wohl in diesem Moment das Gleiche: Ach du Scheiße, das war es dann jetzt wohl mit unserem Stammplatz. Wir waren es, wie gerade geschrieben, gewohnt, die Bahn rauf- und runterzulaufen, und jetzt kam ein Trainer, der mit seinen beiden Außenverteidigern etwas komplett anderes vorhatte. Das mussten wir erst mal lernen.

Irgendwann hatten wir beide ein Motto: Wenn wir das Gefühl haben, dass wir falsch stehen, dann stehen wir wohl genau richtig. So bestritten wir unsere Spiele, ordneten uns im Mittelfeld ein und banden unsere Gegner. Wir brauchten alle fast die komplette Hinrunde, um uns auf das neue System einzustellen und einzuspielen. Aber der Geist, den wir in der Mannschaft hatten, war wieder extrem gut. Ich kann mich an einen Grillabend bei mir erinnern, zu dem ich meine Nachbarn aus dem Team einlud und dann dachte: Nur drei oder vier ist ja auch doof. Also lud ich alle ein, und im Verlauf des Abends war die Mannschaft fast vollzählig in meinem Garten, der vielleicht zehn mal zwanzig Meter groß war. Auf diesem Stück Garten waren dann sicher dreißig, vierzig Leute, weil die, die kamen, auch noch welche mitbrachten. Das fühlte sich so geil an, dass alle wieder Bock auf die Mannschaft hatten. Nicht nur auf dem Platz! Wir schworen uns ein und verloren dann bis zum Ende kaum noch Spiele. Wir ritten auf einer Erfolgswelle und spielten um den Aufstieg in die zweite Liga mit. Je weniger Spiele noch waren, desto bewusster wurde uns, dass wir wirklich aufsteigen können.

Zwei Spieltage vor Schluss standen wir mit einem Punkt Rückstand auf den MSV Duisburg auf dem zweiten Tabellenplatz. Vier Punkte Vorsprung vor dem Dritten und Vierten und mit einer weitaus besseren Tordifferenz. Das vorletzte Spiel war also der erste Matchball und wir spielten in Großaspach. Dazu reisten wir wieder einen Tag vorher an, um uns optimal vorzubereiten.

Wir wussten: Egal, was die anderen machen und wie sie spielen, wenn wir gewinnen, steigen wir auf. In Großaspach spielte mittlerweile unser ehemaliger Kapitän Marlon Krause. Mein ewiger Zimmerpartner Tim Siedschlag und ich riefen ihn aus dem Hotel an und wir flachsten miteinander.

Das Spiel selbst beziehungsweise unser Eins-zu-null-Siegtor durch Marvin Ducksch habe ich mir im Laufe der Jahre immer wieder angesehen.

Ich werde nie die Gänsehaut vergessen, die ich hatte, als der Ball im Tor einschlug und die Fans, die uns begleitet hatten, vollkommen aus dem Häuschen waren. Wir wussten sofort, dass das möglicherweise unser Aufstiegstor war, auch wenn gerade mal eine halbe Stunde gespielt war. In der zweiten Hälfte hatten wir die Chance zu erhöhen, schafften es aber nicht, und die Zeit wollte einfach nicht verrinnen. Die letzten Minuten zogen sich wie der in solchen Situationen oft zitierte Kaugummi.

Dann hatten wir es geschafft. Abpfiff. Die Tore im Gästeblock wurden geöffnet und die Fans liefen zu uns auf den Platz. Mir kamen die Tränen. Ich hatte mein Minimalziel erreicht und würde in der neuen Saison Zweitligaspieler sein. Die Fans drückten mir ein Megafon in die Hand und ich stimmte diverse Humbas an, wir feierten völlig ausgelassen. Das Feiern nahm kein Ende und ging in der Kabine mit Partymusik weiter. Was ich cool fand, war, dass ich auf dem Platz eine recht hochwertige Sonnenbrille fand und die dann an diesem Abend gefühlt auch nicht mehr abnahm.

Dennoch mussten wir uns beeilen, mit dem Bus zum Flughafen zu kommen, und im Bus organisierten und buchten ein paar Spieler schon eine spontane Abschlussfahrt nach Malle. Die startete am Folgetag, einen Tag nach dem geschafften Aufstieg, quasi noch mitten in der Saison vor dem letzten Spiel. Das gewannen wir „trotzdem" mit 2:0 gegen Halle.

Den Flug nach Malle konnte ich nicht antreten, ich hatte noch einen Gerichtstermin, weil ich mit dem Auto zu schnell unterwegs gewesen war. Ich saß also mit meinem Anwalt vor dem Saal und besprach mich mit ihm, als vier Polizisten auf uns zukamen. Da wurde mir schon ein bisschen anders, zudem war ich das erste Mal in meinem Leben in einem Gerichtsgebäude. Die Polizisten hatten mich erkannt und wollten mir lediglich zum Aufstieg gratulieren und baten bei der Gelegenheit um ein gemeinsames Selfie. Da war ich schon etwas verdutzt. Für den Verein war das ganz gut, dass ich diesen Montag nicht mit auf Malle war, denn so konnte ich Medientermine wahrnehmen, wie z. B. beim NDR.

Am Folgetag bin ich dann mit dem Trainerstab nachgeflogen. Auf Malle trafen wir die Spieler vom MSV Duisburg, die ebenfalls am vorletzten Spieltag den Aufstieg geschafft und die gleiche Idee gehabt hatten.

Jetzt aber noch mal zu der Heimreise nach dem Spiel, denn da war ich ja eigentlich gerade. Wir hatten keinen Direktflug nach Hamburg, was unserer guten Stimmung keinen Abbruch tat. Wir spielten Stadionsprecher. *Und mit der Nummer 1 ...* und dann brüllte die komplette Truppe den Namen, so ging das bis zur letzten Nummer, und dann grölten wir wieder ein paar Partylieder. Der Flugkapitän war kurz der Meinung, dass er uns mit der Stimmung und dem schon getrunkenen Alkohol nicht mitnehmen könnte, aber auch das haben wir dann regeln können und landeten als Aufstiegshelden am Abend in Hamburg. Da nahmen uns schon Fans und Fotografen in Empfang. Mit dem Bus fuhren wir dann zum Holstein-Stadion, und was ich richtig heftig fand, war, dass Leute, die in Großaspach im Stadion gewesen waren, jetzt zeitgleich mit uns am Stadion waren, um weiter mit uns zu feiern.

Den Empfang, den die Fans uns auf dem Stadionvorplatz bereiteten, auf dem eine Bühne aufgebaut war, werde ich nie vergessen. Wir kamen mit dem Bus nicht durch, weil so viele Menschen auf den Beinen waren. So eine Euphorie! Wir durften dann einen Rettungswagen zweckentfremden.

Es ist immer noch schwer, das alles jetzt auch nach all den Jahren in Worte zu fassen, weil es für Mannschaft, Verein, Fans und die Stadt unglaublich war. Wir hatten Geschichte geschrieben.

Wir kamen dann aus Malle wieder und hatten noch ein oder zwei Trainingseinheiten, wirklich etwas einstudiert für das letzte Spiel haben wir aber nicht mehr. Im letzten Spiel ging es dann um die Drittligameisterschaft, die sich der MSV Duisburg holte. Wir wurden sensationell Zweiter und gewannen unser letztes Spiel gegen Halle mit 2:0.

Nach dem Schlusspfiff überkam mich noch einmal das gleiche Gefühl wie die Woche zuvor in Großaspach. Auch der Platzsturm unserer Fans war mit dem vor einer Woche vergleichbar. Unvergessliche Momente, die für immer bleiben werden. Genau wie der Autokorso, mit dem wir durch die ganze Stadt fuhren. Wir waren überwältigt von den Menschenmassen, die den Autokorso zum Rathaus begleiteten, und davon, wie populär unser Verein mittlerweile geworden war, denn Kiel an sich ist seit Jahrzehnten eine absolute Handball-Hochburg und der heimische THW eine Institution in der Stadt.

Im Rathaus durften wir uns in das Goldene Buch der Stadt eintragen und präsentierten uns dann unseren Fans auf dem Balkon des Rathauses. Wir konnten den kompletten Platz überblicken und es war ein einziges Meer in unseren Vereinsfarben. Später siedelten wir auf eine große Bühne auf dem Platz um und liefen passend zu unseren Rückennummern unter dem Jubel der Massen auf die Bühne und feierten mit unseren Fans. Auch das waren wieder absolute Gänsehaut-Momente und heftig, was man sich mit Fußball erarbeiten kann.

Für die Fans war ich auch in dieser Spielzeit der „Fußballgott" und wurde schon beim Einlaufen frenetisch empfangen. Da ich in meiner Laufbahn eher selten das Tor getroffen habe, forderten die Fans bei jedem Elfmeter und jedem Freistoß aus aussichtsreicher Position mit Sprechchören, dass ich schießen sollte, weil sie endlich ein Tor von mir bejubeln wollten. Für Holstein habe ich in fast zweihundertfünfzig Spielen dreimal getroffen, davon einmal im DFB-Pokal gegen Cottbus, um an der Stelle mal die Statistik zu bemühen.

Bei unserer Meisterfeier auf der Rathausbühne machten wir ein Spiel aus dieser Tatsache und dem Wunsch der Fans, einen Patrick-Herrmann-Treffer zu bejubeln. Wir besorgten Trikots von allen anderen Teams der dritten Liga. Meine Mitspieler zogen die über und ich dribbelte mich durch sie durch und traf auf ein kleines aufgebautes Tor, sodass die Fans auf der Aufstiegsfeier doch noch ein Tor von mir bejubeln konnten. Die offizielle Feier auf der Bühne endete mit einem großen Feuerwerk und wir feierten dann privat noch in einer für den Verein gebuchten Location unter uns.

Einer meiner besten Freunde und ein Weggefährte in Dritt- und Zweitligazeiten war Tim Siedschlag. Wir unternahmen viel, gerade auch an den Tagen, an denen wir zweimal am Tag, um zehn und um fünfzehn Uhr dreißig, trainierten. So sind wir gerne gelegentlich zu Autohäusern gefahren, um mit den Autos Probefahrten zu machen. So sind wir mal in einem Smart durch die Gegend gefahren und haben unsere Mannschaftskollegen abgeklappert. Das hat viel Spaß gemacht!

Mit Tim war ich auch meistens im Trainingslager auf einem Zimmer, später dann mit Alexander Mühling. Wir machten immer kleine Zimmer-Schlachten und spielten uns gegenseitig Streiche. So nahmen wir uns auch mal die Zimmerkarten und verwüsteten die Zimmer der Kollegen. Wenn es beim Essen etwas mit Zwiebeln gab, pulten wir die raus und legten sie Kollegen später unters Kopfkissen. Was wir auch gemacht haben, war, aus Tape-Band Streifen zu schneiden, die wir dann in einem anderen Zimmer direkt hinter der Tür an der Decke befestigten. Die Enden präparierten wir zusätzlich mit Zahnpasta.

Ein Trainingslager ist immer auch etwas, das eine Mannschaft zusammenschweißt, weil man mindestens sieben Tage unter sich ist und auch abseits des Fußballs miteinander zu tun hat. So trafen wir uns abends auf den Zimmern und spielten Karten oder Gesellschaftsspiele.

Auch am obligatorischen Sponsorenabend hatten wir viel Spaß mit den Gönnern unseres Vereins. Wenn am nächsten Tag kein Training war und wir uns gemeinsam etwas in der Gegend ansahen, durften wir an solchen Abenden auch mal ein Bier trinken.

Nach den Sommerferien, die wir traditionell mit Familie Heider verbrachten, begann die Vorbereitung auf die erste Zweitligasaison meiner Karriere.

Die Fluktuation im Kader hielt sich in diesem Jahr in Grenzen. Wir gingen fast mit der Mannschaft in die ersten Spiele, die auch aufgestiegen war. Markus Anfang schenkte uns das Vertrauen auch eine Liga höher und sollte recht behalten. Im ersten Spiel der Saison, einem Heimspiel gegen den SV Sandhausen, war ich voller Euphorie, das Stadion war voll und ich kann mich sogar an meinen allerersten Ballkontakt, einen Pressschlag, erinnern. Ich bin irgendwie zuerst mit der Stolle in den Ball und der platzte einfach! Dann musste erst mal das Spielgerät ausgetauscht werden.

Ach du Kacke, schoss es mir durch den Kopf, das geht ja gut los.

Das ist wahrscheinlich eines der Spiele, die jeder Holstein-Kiel-Fan noch ziemlich genau im Kopf hat, weil Marvin Ducksch in der vierten Minute der Nachspielzeit mit einem wunderschön verwandelten Freistoß den 2:2-Ausgleich schaffte. Das Stadion stand komplett kopf und man verstand auf dem Platz sein eigenes Wort nicht mehr. Unser erster Punkt in der zweiten Liga!

Ich persönlich kam ein bisschen schwer in die Saison. Vielleicht habe ich mir selbst zu viel Druck gemacht und ging gehemmter in die Spiele. So kam es, dass ich früh in der Saison meinen Platz in der Startelf für Sebastian Heidinger räumen musste, meinen Kontrahenten, der zu Saisonbeginn aus Paderborn zu uns gekommen war. Ich gab weiter alles im Training und ließ mich nicht hängen, weil mir der Teamgedanke und der Teamgeist wichtig waren. Stunk zu machen, hätte meinem Naturell ohnehin nicht entsprochen. Heidinger kam im DFB-Pokal-Heimspiel gegen Eintracht Braunschweig für mich zum Einsatz. Danach durfte ich wieder von Beginn an spielen und schaffte es, mich festzuspielen.

Wir spielten eine Klassesaison, was so weit ging, dass wir mit Fortuna Düsseldorf ganz oben standen, und wir waren voller Euphorie. Genau das, was die gegnerischen Spieler und Trainer immer nach dem Spiel gegen uns sagten: Wartet mal ab, bis die Euphorie verflogen ist!

Wir haben es aber immer geschafft, konstant oben zu bleiben, wobei es nach der Winterpause eine Phase gab, wo auf einen Sieg immer ein Unentschieden oder eine Niederlage folgte. Die Konstanz war ein bisschen weg. Aber die anderen Mannschaften spielten von ihren Ergebnissen immer für uns, sodass wir immer in den Top Drei waren.

Persönlich war es für mich eine Saison wie jede andere. Ich habe nie eine komplette Saison durchgespielt, ohne dass ich mich verletzte. Das fing unter Trainer Thorsten Gutzeit in der Regionalliga an und ging bei Karsten Neitzel genauso weiter, wo ich gleich im ersten Training umknickte. Ich habe mich aber nie von Verletzungen stoppen lassen. Wenn es „nur" geschwollen war, stand ich meistens zwei Tage später mit Tapeverband wieder auf dem Platz.

Bei Karsten Neitzel knickte ich dann innerhalb kurzer Zeit ein zweites Mal um und er gab mir den Tipp, mir grundsätzlich vor jedem Training die Füße zu tapen, um mehr Stabilität zu haben. Das habe ich wirklich beherzigt, dennoch kam das in jeder Saison mehrmals vor, aber wenn man mit kleinen Blessuren aussetzt, besteht eben auch immer die Möglichkeit, dass der Kontrahent sich ins Team spielt. Deswegen wollte ich immer auf dem Platz stehen, egal wie. Oft ging das mit einer Ibuprofen, um die Schmerzen wenigstens im Spiel nicht zu spüren. Hinterher am Abend konnte ich immer noch die Füße hochlegen.

Bezogen auf die Saison, von der ich gerade berichte, unsere erste in der zweiten Liga, fällt mir das Spiel bei Fortuna Düsseldorf ein. Unser letztes Auswärtsspiel in der Saison. Ich bin wieder umgeknickt, aber so schlimm, dass ich das kommende Spiel aussetzen musste. Das war ein Heimspiel im Holstein-Stadion gegen Eintracht Braunschweig. Für uns ging es um nichts mehr, wir hatten den dritten Platz, der uns zur Teilnahme an der Relegation gegen den Drittletzten der Ersten Bundesliga berechtigte, schon sicher. Für Braunschweig ging es noch um den Klassenerhalt, den sie leider nicht schafften, weil sie 6:2 gegen uns verloren.

Die beiden Relegationsspiele gegen den VfL Wolfsburg wollte ich auf keinen Fall verpassen, denn wir alle wussten, dass das eine außergewöhnliche Möglichkeit mit Holstein ist, die so sicher nicht jedes Jahr wiederkommt. Zwei Tage vor dem ersten Spiel habe ich mir den Fuß „taub" spritzen lassen, ungünstigerweise wurde dabei ein Nerv getroffen. Als ich auf den Platz lief, spürte ich den kompletten Fuß nicht.

Wir haben dann versucht, am nächsten Tag die Spritze anders zu setzen, um nicht wieder den Nerv zu treffen. Beim Abschlusstraining konnte ich dann trotz heftiger Knöchel- und Bänderproblemen wirklich trainieren. Ich spürte keinen Schmerz!

So bin ich dann zum Hinspiel mit nach Wolfsburg gefahren. Der Spieltag sah dann so aus, dass der Physio mir vor dem Spiel wieder den Fuß „taub" spritzte und ich auf dem Platz stehen konnte.

Über das Spiel selbst muss ich ehrlich sagen, dass wir schnell gespürt haben, dass es ein ganz anderes Niveau hatte und der Leistungsunterschied von der ersten zur zweiten Liga wesentlich höher als der von der dritten zur zweiten Liga ist. Während des Spiels bin ich leider mit meinem lädierten Fuß wieder umgeknickt und danach war nichts mehr mit Betäubung!

Ich spielte dennoch durch, wir verloren 3:1 und hatten immer noch einen Funken Hoffnung, obwohl wir wussten, dass das brutal schwer werden würde. Bis zum Rückspiel wenige Tage später ging die Behandlung dann weiter, auch weil Trainer Markus Anfang offen sagte, dass er mich brauchte, und ich mich weder drückte noch schonen wollte. Ich wollte spielen und das Wunder schaffen, mit Holstein in die erste Liga aufzusteigen. Zudem war meine Einstellung schon immer: Wenn man mich braucht, bin ich da. Im Rückspiel stand ich wieder die komplette Spielzeit auf dem

Platz, aber erneut wurde uns bewusst, dass Wolfsburg uns einfach überlegen war. Sie ließen kaum Chancen zu und die wenigen, die wir ihnen anboten, nutzten sie konsequent.

Der VfL war natürlich vom Kader und dem Etat deutlich anders aufgestellt als wir. So tat der verpasste Aufstieg, den ein 0:1 zu Hause besiegelte, auch nicht so weh wie zum Beispiel die Relegation gegen 1860 München, bei der wir absolut ebenbürtig waren. Diese Relegation stand von Beginn an unter dem Motto: David gegen Goliath.

Dennoch hatten wir einen tollen Empfang, denn unsere Saison war richtig gut gewesen, und entsprechend wurden wir von den Fans gefeiert. Mit Band und Konfettikanonen. Dennoch kann man als Spieler an solchen Tagen nicht ausgelassen und fröhlich sein, denn auch wenn der Gegner klar überlegen war, wollte ich trotzdem irgendwie gewinnen. Wir konnten also nur schwer mit diesem „sich feiern lassen" umgehen.

Rückblickend auf diese Saison und diese beiden Spiele gegen den VfL Wolfsburg, in denen ich verletzt spielte, muss ich eingestehen, dass ich definitiv heute noch merke, dass diese beiden Spiele zu viel waren. Ab diesem Zeitpunkt war mein

Knöchel nie wieder richtig gesund. Bei 365 Tagen, die das Jahr hat, habe ich sicher zwischen zweihundert und zweihundertfünfzig Tagen im Jahr Schmerzen im Fuß. Rückblickend wäre es vielleicht besser gewesen auszusetzen, aber das war eben nicht meine Einstellung.

Es gab Tage, wo ich rückwärts das Treppenhaus in meiner ersten Etage, wo wir damals wohnten, runtergehen musste, weil es vorwärts vor Schmerzen nicht ging und rückwärts auch nur, wenn ich erst mit beiden Füßen auf einer Stufe stand und dann langsam einen Fuß vor den anderen setzte.

Um diesem Kapitel noch etwas Positives nach Verletzungen und Nichtaufstieg zu geben, sei noch erwähnt, dass wir wieder medial begleitet worden sind. Allerdings nicht so intensiv wie bei der „Westring 501“-Geschichte. Das Ergebnis war der „Holstein Herz“-Film, den wir uns im Folgejahr im Kino ansehen durften. Bei dieser Gelegenheit waren auch „Die Denkedrans“ mit von der Partie, für Nicht-Kieler: die Band, die unsere Stadionhymne geschrieben hat und diese bei besonderen Gelegenheiten auch live im Stadion zum Besten gibt. Die Band besteht aus fünf Mitgliedern, die alle glühende Holstein-Kiel-Fans sind. Der Film war richtig schön gemacht und meine Frau und unsere Mädchen waren mit dabei. Irgendwann war ich dann mal im Bild, was unsere jüngere Tochter ganz aufgeregt mit den Worten „Da ist Papi!“ kommentierte, was alle Besucher schmunzeln ließ, weil das einfach nur megasüß war.

Unser Holstein-Dorf, von dem ich ja schon geschrieben habe, veränderte sich stetig. Marc Heider zog es mit seiner Familie nach sieben Jahren bei Holstein 2016 zum VfL Osnabrück.

Neu hinzu kam Alexander Mühling, der für mich eine Bezugsperson wurde und mit dem mich schnell viel verband, unter anderem eine Fahrgemeinschaft. Das sah dann so aus, dass wir gemeinsam zum Training fuhren und dabei immer wetteten, ob eine Ampel rot oder grün war. Der, der öfter danebenlag, musste an der nahegelegenen ARAL-Tankstelle den Kaffee vor dem Training bezahlen.

Dieser folgende Sommerurlaub unterschied sich von den vorherigen dadurch, dass ich mit meinem Knöchel nichts machen konnte. Auch in der Saisonvorbereitung war ich nicht gleich von Beginn an dabei, was auch deswegen blöd war, weil wir mit Tim Walter einen neuen Trainer bekamen. Markus Anfang war zum 1. FC Köln gewechselt. Bei einem neuen Trainer geht es für jeden in der Mannschaft erst mal darum, sich zu zeigen, auf sich aufmerksam zu machen und entweder seinen Stammplatz zu verteidigen oder in die Mannschaft zu kommen. Wie in jedem Jahr kamen und gingen Spieler. Einer, der kam und auch auf der rechten Seite geplant war, ist Jannik Dehm gewesen, der seine Qualitäten auch im Umschalten auf das Offensivspiel hatte und berechtigterweise den Vorzug vor mir erhielt. Mir fehlte einfach die komplette Vorbereitung, und das merkte ich nun.

Auch an die neue Spielidee und die dazugehörige Philosophie von Tim Walter mussten wir uns erst mal wieder gewöhnen. Das Einzige, was ich bei unserem neuen Trainer nicht mochte, war, dass die Spieler, die das Trainingsspiel oder Ähnliches verloren hatten, sich auf die Torlinie stellen mussten und dann auf den Allerwertesten geschossen bekamen. An Nackenklatscher kann ich mich auch noch gut erinnern und ich hatte keine Lust darauf, meinen Mitspielern wehzutun, das war nicht in meinem Sinn. Ich habe dann immer extra danebengeschossen, wenn ich unter den Siegern des Trainings war.

In dieser Saison spielten wir mit dem großen Hamburger SV, der gerade abgestiegen war, in einer Liga, und die älteren Holstein-Fans, die gerade dieses Buch lesen, werden sich sicher an denkwürdige Spiele aus längst vergangenen Tagen erinnern.

Der HSV war auch gleich unser erster Gegner in der neuen Spielzeit, und dadurch, dass sich Jannik Dehm im Spiel verletzte, kam ich auch noch auf ein bisschen Einsatzzeit. Wir gewannen 3:0, und das war schon richtig krass und ein schöner Einstieg ins neue Jahr. Die Saison verlief im Allgemeinen gut und wir spielten konstant solide. Ich spielte weniger als in den Jahren zuvor und ich muss ehrlich sagen, dass Jannik Dehm sich verdient hatte, mehr zu spielen.

Meiner Meinung nach entscheidend für den weiteren Saisonverlauf war das Spiel zu Hause gegen Darmstadt 98 am 8. Spieltag, das wir 4:2 gewannen und wo Dehm kurz nach der Halbzeitpause mit Gelb-Rot vom Platz gestellt wurde. Ich lief mich schon warm und das ganze Stadion rief meinen Namen. Ich bekam Gänsehaut, als der Trainer mich einwechselte.

Ich hatte meine Seite dann auch gut im Griff und gewann meine Zweikämpfe. So spielten wir, wie schon geschrieben, gut mit und waren immer in den Top Ten.

Was in diesem Zusammenhang auch wichtig ist, wenn wir chronologisch bleiben, ist, dass mein Vertrag am Ende dieser Spielzeit auslief und ich gerne so lange bei Holstein bleiben wollte, bis ich irgendwann meine Karriere hier beenden würde. Durch einen Kontakt von Fabian Wetter zu Carsten Wehlmann, der schon in Darmstadt war, kam der Kontakt zu 98 zustande, weil der Verein jemanden für die rechte Seite suchte, der einen Spielstil hatte wie ich. Arbeiten, Kämpfen, die rechte Seite zumachen. Das passte auch zum Stil des damaligen Trainers von Darmstadt 98 – Dirk Schuster. Also schmiss Fabian Wetter mal meinen Namen in den Raum, so nach dem Motto: Was ist denn mit Herrmann, der spielt ja bei Holstein nicht regelmäßig. Wehlmann war sich allerdings sicher, dass ich nicht aus Kiel wegwollte. Ich hatte das zunächst im Hinterkopf, wenn es bei Holstein nicht weitergehen würde und der Verein nicht mehr mit mir planen wollte.

Mehr wurde daraus erst mal nicht, auch wenn wir in losen Gesprächen waren und Darmstadt eigentlich im Winter schon jemanden verpflichten wollte. Dann kam der Zeitpunkt, wo ich in der Rückrunde wissen wollte, woran ich war, wie es für mich bei Holstein weitergehen würde und wenn, mit welcher Perspektive. Ich suchte das Gespräch mit Tim Walter und dem sportlichen Leiter Fabian Wohlgemuth. So richtig schlau wurde ich aus den Gesprächen nicht, hatte aber ein Gefühl, dass bei Holstein im Sommer ein größerer Umbruch stattfinden könnte. Dennoch boten sie mir einen neuen Vertrag an, allerdings mit einer Laufzeit über nur eine Saison, und ehrlicherweise hatte ich in den Gesprächen nicht das Gefühl, dass sie mit mir als Spieler für die erste Elf planten.

Das Vertragsangebot kam mir eher vor wie ein Dankeschön für meine Verdienste in der Vergangenheit, und auch dafür war ich dankbar, das möchte ich hier auch ganz deutlich schreiben. Mein Ziel war aber nach wie vor, als Spieler in der zweiten Liga regelmäßige Spielzeiten zu bekommen. Ich habe dann lange überlegt und gehadert, was die richtige Entscheidung wäre und wie ich meine Karriere weiterführen wollte. Sicher holte ich mir auch die Meinung von Marc Heider ein, nach wie vor ein sehr guter Freund und auch ein verdienter

Holstein-Spieler, der den Verein hatte verlassen müssen beziehungsweise kein neues Vertragsangebot bekommen hatte.

Ich teilte Holstein dann meine Vorstellungen in Bezug auf Laufzeit und Verdienst mit, denn ich brauchte ab einem bestimmten Zeitpunkt als zweifacher Familienvater auch Planungssicherheit, und bat dann auch darum, mich im Winter schon gehen zu lassen, wenn wir nicht zusammenkommen würden.

Holstein wollte das abgegebene Angebot nicht verändern, was ich aus Sicht des Vereins auch verstehen konnte. Ich bat dann darum, nach siebeneinhalb Jahren meinen Vertrag aufzulösen, damit ich nach Darmstadt wechseln konnte. Sie stimmten dem nach einigem Überlegen zu, weil es auch darum ging, wie man den Fans das erklären würde, denn mein Standing bei den Anhängern war nach wie vor extrem groß. Es ging darum, dass alle gut aus der Nummer herauskamen.

Selbstverständlich beratschlagten wir auch als Familie mit Marina, was das Beste für uns wäre. Wie und wo würden wir unseren Lebensmittelpunkt haben, in Darmstadt oder in Kiel? Zu dem

Zeitpunkt hatten wir gerade ein Haus gekauft, in dem wir uns super wohlfühlten, was die Entscheidung nicht leichter machte. Persönlich muss ich sagen, dass es für mich nicht infrage gekommen wäre, dass meine Frau und die Kinder mit nach Darmstadt gezogen wären, auch weil der Vertrag bei den Lilien anderthalb Jahre lief. Ich wollte nicht, dass unsere Kinder so ein Leben führen mussten, wie ich es geführt hatte. Ich war überwiegend unterwegs gewesen, und im Nachgang war es das, was mir so ein bisschen fehlte. Freundschaften, die seit Kindergartentagen oder seit der Grundschule Bestand hatten. Sicher gibt es noch Kontakte, aber das ist aufgrund der Entfernungen anders.

Wir einigten uns dann auch wegen dieser Fakten darauf, dass meine Mädels in Kiel blieben und ich pendeln würde. Das waren jedes Mal sechshundertfünfzig Kilometer hin nach Kiel und dann wieder zurück nach Darmstadt noch mal die glei che Anzahl Kilometer. Ich habe das zweieinhalb Jahre durchgezogen und gegen Ende wurde es dann wirklich anstrengend, weil ich die Fahrerei offen gesagt ein wenig unterschätzt hatte.

Der Wechsel selbst lief so ab, dass ich einen Tag vor Beginn der Rückrunde still und heimlich nach

Darmstadt fuhr, aber niemandem etwas sagte, weil der Vertrag bislang nicht unterschrieben war, da unter anderem erst das sportärztliche Gutachten gemacht werden musste. Ich hatte nicht mal Fußballschuhe mit. Michael Stegmayer, der sportliche Leiter, war einer der wenigen, die über meinen bevorstehenden Wechsel informiert waren. Er sammelte mich in Darmstadt ein, um mit mir die Arzttermine zu absolvieren.

Der Plan war, dass ich die Untersuchungen bestehe und dann im Anschluss gleich zu meiner neuen Mannschaft stoßen sollte. In Darmstadt war es üblich, dass man auch bei Heimspielen einen Tag vor dem Spiel gemeinsam im Hotel war, um sich auf den Spieltag vorzubereiten. Einem Arzt fiel jedoch etwas bei meinen Herztönen auf, was nicht normal war, und das kam wirklich wie aus dem Nichts. Das war wie ein Schlag in die Fresse. Aufgrund dieser Töne wollte mich der Arzt nicht für den Leistungssport zulassen. Bei Holstein waren wir regelmäßig untersucht worden und es hatte nie ein Problem gegeben. Ich wurde an einen Spezialisten überwiesen, von denen es in Deutschland genau drei gibt, einen davon in Darmstadt. Der Arzt schickte meine Unterlagen ohne Nennung des Alters oder des Namens weiter. Der Spezialist meinte, das wäre nicht unüblich und er würde anhand der Bilder annehmen, dass ich Mitte dreißig und dunkelhäutig bin, weil meine „Symptome" eher bei Menschen mit dunkler Hautfarbe vorkämen. Er war ganz erstaunt, als er mich dann sah, und befand, dass ich so nicht zur Mannschaft stoßen sollte. Das war ein absoluter Schwebezustand, auch unter dem Aspekt, dass ich den Vertrag in Kiel aufgelöst hatte. Ich musste dann am folgenden Tag, also am Spieltag, mit Kontrastmittel ins MRT.

Danach wurde ich in einem separaten Hotel untergebracht, weil ich nicht gesehen werden durfte. So war ich dann also allein in einem Hotelzimmer in Darmstadt und wusste nicht, ob ich wechseln würde oder nicht. Es ging sogar noch einen Schritt weiter, denn ich wusste noch nicht einmal, ob ich überhaupt noch Profifußballer sein durfte oder vielleicht sogar aufhören musste. Irgendwie habe ich die Nacht überstanden und kam dann in die Röhre, wo sich Gott sei Dank herausstellte, dass ich nicht nur ein „Sportlerherz" habe, sondern dass meine rechte Herzwand muskulöser als die linke ist. Daher kam es zum Auftreten dieser Herztöne. Die sind aber normal und unbedenklich. Erleichterung!

Der Arzt gab sein Okay für einen Wechsel. Ich bin ohne Schuhe ins Stadion gefahren, brauchte dann aber doch welche, weil der Trainer wollte, dass ich spielte. Yannick Stark borgte mir dann Schuhe, die mir glücklicherweise passten. Ich stieß zur Mannschaft, die eine geile Truppe mit einem ähnlichen Zusammenhalt wie bei Holstein war. Der Empfang war sehr nett und Dirk Schuster, der Trainer, meinte, dass ich auch gleich im Kader wäre. Von Anfang an brachte er mich jetzt nicht, da ich das eine Training, das ich mitmachen sollte, verpasst hatte, weil sich die Untersuchungen in die Länge gezogen hatten.

Ich nahm dann bei meinem ersten Spiel für Darmstadt gegen St. Pauli erst einmal auf der Bank Platz. Als ich zehn Minuten spielen durfte, warf ich mich in jeden Zweikampf. So konnte ich meine Stärken zeigen und hatte einen guten Einstand. Mir gelang es dann, mich in der Startelf festzuspielen.

Wobei das schon alles komisch war, so still und heimlich aus Kiel wegzugehen und dann nicht nur bei Darmstadt im Kader, sondern auch auf dem Platz zu stehen. Natürlich habe ich verfolgt, was in

Kiel los war und wie die Fans meinen Wechsel aufnahmen. Sicher las ich die Plakate im Fanblock, die traurig waren. Ich habe mich bewusst nicht dazu geäußert, obwohl schon Stimmen aufkamen, dass ich wenigstens schriftlich ein paar Zeilen hätte hinterlassen können. Ich wusste da aber schon, dass ich eine Woche später bei einem Heimspiel von Holstein im Stadion verabschiedet werden würde, und ich wollte den ersten Kontakt nach meinem Wechsel persönlich und nicht medial gestalten.

Der Abschied war verdammt emotional. Als der Stadionsprecher die ersten Worte sagte, kamen mir die Tränen. Sich von dem Verein zu verabschieden, an den man sein Herz verloren hatte und wo man seine Laufbahn hatte beenden wollen, war schon heftig und tat verdammt weh. Die Fans konnten meine Beweggründe verstehen und verabschiedeten mich mit Sprechchören. Ich bin dankbar für diesen emotionalen Abschied.

Die ersten zwei Wochen hauste ich in Darmstadt im Hotel und kümmerte mich um eine Wohnung, die ich dann auch in einem Nebenort ein bisschen abgelegen fand. Sportlich lief es schlecht, was dazu führte, dass Dirk Schuster, der Trainer, der mich nach Darmstadt geholt hatte, bereits im Januar nach einer Serie von zehn Spielen mit nur einem Sieg auf dem vierzehnten Tabellenplatz liegend freigestellt wurde. Der Interimscoach übernahm zunächst, bis Dimitrios Grammozis übernahm und wieder alle Spieler neue Karten bekamen und sich Hoffnungen auf die Startelf machten. Mir gelang es und ich kam mit dem neuen Trainer, der sehr sympathisch war und super viel mit uns sprach, sehr gut zurecht. Mit Grammozis kamen wir allmählich wieder zurück in die Erfolgsspur.

Ich bin jemand, der in einer Gruppe gut funktioniert, aber ich brauche eben auch eine Bezugsperson, und bei den Lilien fand ich relativ schnell Fabian Holland und Marcel Schuhen, mit denen ich mich sehr gut verstand. Gerade mit Fabian Holland machte ich auch abseits des Platzes viel. Wobei auch hier, und das habe ich ja schon geschrieben, der Zusammenhalt in der Mannschaft klasse war. Wir gingen viel zusammen essen und die Abläufe waren familiär, sodass ich mich schnell einleben und wohlfühlen konnte.

Generell ist es aber schon so, dass, je höher die Liga ist, in der man spielt, auch andere Dinge eine Rolle spielen. Gerade auch bei Autos. In Kiel ist Fabian

Wetter mit seinem Ford Fiesta zum Training gekommen, einige Zeit später standen da auch schon fette Autos mit einem Stern auf der Motorhaube oder auch mal ein Porsche vor dem Trainingsplatz. Ich bin da immer noch meinen Mazda gefahren, den ich dann durch einen Škoda Octavia ersetzte. Aus Autos habe ich mir nie viel gemacht. In Darmstadt war das genauso, wobei das sicher jeder machen kann, wie er will. Einen Spruch nach dem Motto: „Willst du dir nicht langsam mal ein vernünftiges Auto kaufen?", habe ich schon mal bekommen. Aber mich muss ein Auto wirklich nur von A nach B bringen, mehr brauche ich nicht. An solchen Beispielen merkt man aber schon, dass bei vielen Geld und Statussymbole eine Rolle spielten, dass da ein anderer Druck herrschte. Nicht nur sportlich, auch wenn es um das Mithalten ging. Man wollte sich zeigen, profilieren. Mit Uhren ging das genauso, aber auch das war mir nicht wichtig, ich war dreißig und mir war das wirklich egal. Ein junger Mensch kann diesem „Gruppenzwang" sicher nicht immer so widerstehen und denkt anders darüber.

Trotzdem waren das charakterlich alles super Menschen, auch mit einem Mercedes unter dem Hintern.

Wir gingen viel ins Kino oder bowlen oder besuchten uns zu Hause. So verging das Jahr und ich pendelte. Manchmal kam Marina mit den Kindern, aber ich saß oft im Auto oder im Zug, was dann günstiger war, aber auch sechs bis sieben Stunden dauerte.

Ich blieb dann gerade mal einen Tag und bin dann wieder los. Mal zur Erklärung: Wenn Samstag Spieltag war, haben wir Sonntag um zehn trainiert, und nach dem Training bin ich sofort nach Kiel gefahren und war um neunzehn, eher zwanzig Uhr da. Montagmorgens mussten die Kinder in die Schule und Marina arbeiten. Ich hatte dann in Kiel einen freien Vormittag, bis zuerst Marina von der Arbeit kam und fast zeitgleich gegen vierzehn Uhr die Kinder. Danach hatten wir noch mal zwei Stunden und dann musste ich schon wieder Richtung Darmstadt los.

So sah jede Woche aus. Es funktionierte, aber es war keine leichte Zeit. Ein großes Dankeschön muss ich meinen Nachbarn aussprechen, die Marina und die Kids unterstützten und immer da waren.

Ein Thema, das hier schon mal angerissen wurde, aber an dieser Stelle mal ein bisschen mehr Platz braucht, ist meine Flugangst. Los ging das Ganze schon in der Jugend, als ich mit sechzehn in der Niedersachsenauswahl spielte und wir eine Woche nach Bulgarien flogen. Das war mein erster Flug und ich war super aufgeregt.

Nach dem Einchecken sind wir dann in eine Propellermaschine rein und meine ganze Aufregung wandelte sich in Angst um. Schon das Rollen über die Startbahn führte zu hektischen Blicken aus dem kleinen Fenster und zu erhöhtem Puls. Bei jedem kleinen Rucken fragte ich, ob das normal sei, und wir waren noch nicht mal in der Luft. Als der Flieger dann in die Luft stieg, krallte ich mich in meinen Sitz hinein, später umschlang ich meinen Körper mit den Armen und kratzte mir sogar die Haut auf.

Irgendwann kamen wir dann in Bulgarien an und da dachte ich schon gefühlt wieder an den Rückflug. Das Gefühl war bei diesem übrigens identisch, alles in allem wirklich keine schöne Erfahrung. Das nächste Mal fliegen stand für mich an, als ich mit meiner Frau das Abitur schaffte und wir nur unsere Endergebnisse abwarteten. Für mich war nur wichtig, nicht in die Nachprüfungen zu müssen, und das habe ich auch geschafft. Wir sind dann mit meinem ersten eigenen Auto zum Flughafen und wollten Last Minute ein paar Ferientage verbringen.

Wir buchten also eine Woche Gran Canaria und ich wusste natürlich wieder, was auf mich zukommen würde. Ich besorgte mir also vorher leichte Beruhigungstabletten, die aber nur teilweise halfen. In meiner Zeit bei Hannover 96 standen dann glücklicherweise keine Flüge an, los ging es in Osnabrück, da die Auswärtsfahrten weiter wurden und wir öfter mal in Süddeutschland, wie zum Beispiel in Unterhaching, auf den Platz mussten. Da wusste allerdings noch keiner von meiner Flugangst, weil ich die Zähne zusammenbiss und die Flüge in Kauf nahm. Das ging allerdings auf Kosten meiner Leistung, die bei diesen Spielen überschaubar war.

Ich flog dann zu den weiten Spielen nicht mehr mit der Mannschaft, sondern fuhr entweder mit einem Betreuer oder dem Mannschaftsbus. Einmal wollte ich das mit dem Fliegen dann aber doch noch versuchen und setzte mich in einen Flieger, der uns in ein Wintertrainingslager in Südspanien bringen sollte. Es wurde der schlimmste Flug meines Lebens. Wir landeten während eines Unwetters auf Mallorca zwischen, wo die Sicht auf die Landebahn gefühlt vielleicht gerade mal fünfzig Meter betrug. Wir setzten dann zuerst mit dem linken Hinterreifen auf, was das Flugzeug in eine gehörige Schräglage brachte. Ich dachte kurz, dass es das jetzt möglicherweise war, und hatte richtig Stress. Aber ab diesem Zeitpunkt machte ich Flugpause, was wiederum zur Folge hatte, dass meine Rückreise aus dem Trainingslager vierundzwanzig Stunden im Bulli der Betreuer dauerte.

Schade fand ich, dass ich auch nicht mit der Mannschaft flog, als der VfL den Aufstieg schaffte, die Stimmung da muss nach Erzählungen schon sehr außergewöhnlich gewesen sein. Ich saß wieder mit den Betreuern im Bulli und verpasste so den Empfang, den die Fans der Mannschaft am Flughafen bereiteten. Das Problem, das ich als Spieler hatte, war, dass ich natürlich vor den Flügen keine Beruhigungstabletten nehmen durfte, weil die möglicherweise als Doping gewertet werden konnten. Da musste ich extrem aufpassen. Wenn ich mit meiner Frau in den Urlaub fuhr, hatte ich natürlich welche dabei und nahm die auch. Wir sind dann das erste Mal mit einer Condor geflogen, und bei denen war es üblich, beim Start eine Kamera anzuhaben, die die Front zeigte, also den Blick, den der Pilot auch hatte. So konnte man genau verfolgen, was zu welchem Zeitpunkt passierte. Dieser Flug gab mir so eine Sicherheit, dass seitdem meine Angst vor dem Fliegen weg war. Vielleicht war für mich auch das Abgeben der Kontrolle ein Problem.

Auch die Playstation und den dazugehörigen Koffer hatte natürlich in Darmstadt jeder. Wir verabredeten uns so manchen Abend zum Zocken. Einer, zu dem ich auch schnell einen sehr guten Draht fand, war Mathias Wittek. Mit ihm habe ich viel privat gemacht und ihn auch zu Hause bei Frau und Kindern besucht. Eine sehr nette Familie.

Kochen war zu der Zeit noch gar nicht meine Sache, das entdeckte ich erst mit fünfunddreißig. Allein essen oder ins Kino gehen, was ich gemacht habe, um Zeit totzuschlagen, hat sich schon verdammt komisch angefühlt, da brauchte ich eine Menge Überwindung, um das zu machen, und im Kino saß ich auch nur mit weit heruntergezogener Mütze.

Ein weiterer guter Freund, den ich aus gemeinsamen Holstein-Tagen kannte, war Mathias Honsak, ein guter Typ, mit dem ich so manchen Spieleabend verbrachte oder auch mal essen ging. Wir hatten die gleiche Wellenlänge und die gleiche Art von Humor. Wir zogen aus jeder Situation etwas Lustiges und mussten uns dann einfach nur ansehen, um in Gelächter auszubrechen. Teilweise wussten wir sicher auch manchmal nicht, warum wir da eigentlich gerade lachten.

In der Kabine saßen wir nebeneinander und hatten genau wie in Kiel eine Musikbox an. Ich glaube, das ist mittlerweile in jeder Mannschaft gang und gäbe. Egal, welches Lied da lief, wir nickten beide zu jedem Beat im Gleichklang mit dem Kopf. Irgendwann machten Mannschaftskameraden dann sogar mit. Schon verrückt, was einem so einfällt, um mit der nötigen Lockerheit in ein Spiel zu gehen, oder?

Sportlich schafften wir mit 98 einen einstelligen Tabellenplatz. Meine Familie und ich fuhren dann mit den Heiders in den Sommerurlaub, so wie jedes Jahr. Im Urlaub ließ ich das erste halbe Jahr bei meinem neuen Verein genauso Revue passieren wie die siebeneinhalb Jahre zuvor bei Holstein Kiel, an denen mein Herz immer noch hing. Im Übrigen denke ich, dass das auch so bleiben wird.

Der Urlaub war natürlich auch sehr intensiv, weil ich länger bei Marina und den Kindern war. Wir genossen die Zeit sehr, dennoch arbeitete ich wie in jedem Sommerurlaub gewissenhaft die vom Verein mitgegebenen Laufpläne ab.

In Darmstadt wurde gerade infrastrukturell gearbeitet, sodass es da auch Schritt für Schritt besser wurde, was die Trainingsbedingungen und die Umkleideräume beziehungsweise die sanitären Anlagen anging. Zu Beginn meiner 96-Zeit hatten wir uns noch im Stadion umgezogen, das jetzt ebenfalls umgebaut und modernisiert wurde. Wir verfügten über einen megagroßen Kraftraum, eine Küche sowie einen Aufenthaltsraum mit allem, was dazugehört. Da ich allein in Darmstadt lebte und viel Zeit hatte, kam es auch vor, dass ich schon zwei Stunden vor dem regulären Training da war und mit den Betreuern oder den Physios quatschte. So hatte ich immer ein bisschen Unterhaltung.

Die Saison startete okay und ich kam auf meine Spielzeiten. So lange, bis es zu einem richtig krassen Cut kam.

Corona schlug zu! Zudem war es so, dass ich gerade kurz davorstand, einen Ausrüstervertrag mit Puma abzuschließen, die sich dann natürlich mit Beginn der Pandemie auch wieder zurückzogen. Sehr schade, weil ich die Klamotten wirklich gerne trug. Zu Holstein hatte ich auch wieder Kontakt. Ole Werner war mittlerweile nach zwei Interimsphasen endgültig zum Cheftrainer aufgestiegen und neuer Sportvorstand war Uwe Stöver. Mein Vertrag lief im Sommer aus und ich besprach mit beiden die Möglichkeit einer Rückkehr. Der Spielstil von Ole Werner ähnelte dem von Markus Anfang, und das konnte ich spielen, wenn es sein musste, auch als Kontrahent. Für die Tatsache, nicht mehr pendeln zu müssen und wieder bei Holstein zu sein, hätte ich das sicher in Kauf genommen.

Corona machte auch meiner Rückkehr zu Holstein, die durchaus im Bereich des Möglichen war, einen dicken Strich durch die Rechnung. Es ging dann erst mal für alle in häusliche Quarantäne.

Aus dem Kraftraum durften wir uns mitnehmen, was wir wollten, damit wir uns fit halten konnten. Selbst ein Ergometer oder ein Laufrad hätten wir mitnehmen können, wenn wir gewollt hätten.

Die Isolation hatte den Vorteil, dass ich wieder mit meiner Familie vereint war, aber die Ungewissheit blieb, wann und wie die Saison weitergehen würde. Der auslaufende Vertrag war auch immer im Kopf in den sechs bis acht Wochen, in denen wir nicht gemeinsam trainieren konnten. Keiner wusste genau, mit welchem Geld der Verein rechnen konnte und ob Sponsoren abspringen würden. Wie würde ein Budget aussehen und wie hoch war es?

Darmstadt wollte dann verlängern und Holstein wollte sich aufgrund der Situation erst mal um den A-Kader kümmern, also Geld für den Startelf-Kader blocken beziehungsweise bereitstellen.

Sie meinten dann, dass, wenn sie mir einen Vertrag anbieten würden, er mir sicher nicht gerecht würde, und so unterschrieb ich für eine weitere Saison in Darmstadt und hatte in diesen schweren Zeiten sicheren Lohn und konnte planen. Zudem war ich froh, weiter Zweitligaspieler sein zu dürfen. Dennoch wurde die Zeit nach der Quarantäne auch nicht leichter, wobei das sicher Meckern auf hohem Niveau ist, denn wir durften immerhin im Gegensatz zu vielen anderen raus.

Wir mussten umgezogen zum Training kommen und unsere Sportsachen selbst waschen.

Der Mindestabstand betrug zehn Meter und keine Trainingsgruppe durfte aus mehr als fünf oder sechs Spielern bestehen, was die Abläufe sicher auch nicht vereinfachte. Wir hatten einen

GPS-Messer auf dem Rücken, und sollte sich einer mit Corona anstecken, würden die GPS-Messer ausgewertet werden, um festzustellen, ob die Abstände eingehalten worden waren oder ob eine Ansteckungsgefahr für Mitspieler bestanden hatte. Das hätte übrigens eine vereinsinterne Geldstrafe nach sich gezogen, aber Gott sei Dank hatten wir in dieser Zeit keinen einzigen Corona-Fall. Nach dem Training stiegen wir dann nassgeschwitzt ins Auto und fuhren heim. Irgendwann kamen wir dann auf die Idee, eine Mülltüte über den Sitz zu ziehen, damit der Schweiß nicht in den Sitz konnte.

Für mich war das sicher eine harte Zeit, weil ich ein Mensch bin, der seine Familie und seine Bezugspersonen braucht. Nicht viele, aber meine Leute sind mir wichtig. Das Einzige, was wir machen durften, war tanken, einkaufen und das tägliche Training. So hatten wir sehr viel Zeit, weil das Training nie länger als anderthalb Stunden dauerte, und dann ging es nur darum, die Zeit rumzubekommen.

Irgendwann hatte man dann auch die Playstation-Onlinewelt satt und hatte keine Lust mehr darauf. Ich habe in der Zeit Bücher online gekauft und sogar gepuzzelt.

Selbst im Jahr danach wurde es nur bedingt besser. Die täglichen Tests in der Nase blieben, hinzu kamen zweimal die Woche PCR-Tests. In der Zeit habe ich sehr viel telefoniert, und wenn Sie das Buch bis hierher gelesen haben, wissen Sie, dass das bei mir schon etwas heißt. Mit Marc Heider hatte ich in der Zeit sehr viel Kontakt über FaceTime und wir quatschten viel.

Die Saison ging dann so weiter, dass wir mit zwei Bussen zu den Auswärtsspielen fahren mussten. Ich denke, dass jeder Fan das mitbekommen hat und im Kopf noch sehr präsent ist, wie der Profifußball dann so ziemlich als Erster in Europa wieder den Spielbetrieb aufnahm. Dennoch lebten wir Fußballer in einer Blase ohne Kontakt zur Außenwelt. Statt in eine Kabine zu gehen, mussten wir uns auf drei aufteilen. In der Zeit kam immer mehr der Gedanke, dass ich zurück nach Hause zu meiner Familie wollte, zumindest Richtung Norden. Die Verbindungen mussten einfach kürzer werden.

Ich habe dann auch nicht mehr einfach nur nach einem Verein gesucht, sondern nach einem, der näher an zu Hause dran war. Was ich natürlich auch sagen muss, ist, dass ich das gerade nur aus meiner Sicht beschreibe, denn für meine Frau war die Zeit mit zwei Kindern zu Hause, die nicht in die Schule konnten, und der Pandemie-Ungewissheit genauso scheiße wie für mich. Stichwort Homeschooling! Wir haben dann festgestellt, dass jeder von uns gerne das „Problem“ des anderen gehabt hätte. Denn was ich zu wenig an Unterhaltung hatte, hatte sie zu viel und konnte in der Zeit kaum abschalten oder mal durchschnaufen.

Die Saison schlossen wir als Fünfter ab, das zum Nachtrag.

Unser Trainer ging nicht mit in die kommende Saison, und es wurde frühzeitig bekannt, dass Markus Anfang, mein ehemaliger Trainer in Kiel, übernehmen würde. Ich wusste natürlich, wie er spielen lassen würde, genau wie er um meine Stärken wusste. Auch das führte dazu, dass ich in Darmstadt blieb und noch ein Jahr dranhängte.

Was die Problematik mit meinen Knöcheln anging, muss ich sagen, dass die Zeit in Darmstadt die schlimmste war. Ich brauchte morgens nach dem Aufstehen an manchen Tagen eine Viertelstunde, um ins Badezimmer zu kommen. Durch das Treppenhaus bin ich ähnlich wie in Kiel aus meiner Wohnung in der ersten Etage rückwärts gegangen, weil es vorwärts schlichtweg nicht möglich war. Das hat brutal geschmerzt. Ich bin dann in mein Auto gestiegen und zu den Trainingsplätzen gefahren, die sich direkt am Stadion befanden. Auch ein Grund, warum ich meistens der Erste war. Ich wollte nicht, dass jemand sah, wie ich humpelnd oder rückwärts über den riesigen Parkplatz zur Kabine ging. Davon wussten nur sehr wenige meiner Kollegen, man will dann auch keine Angriffsfläche bieten, um möglicherweise seinen Stammplatz zu verlieren. Mathias Honsak wusste Bescheid, wie meine Knochen aussehen, und nannte mich sehr gerne „Alter Opa“. Ich nahm sehr oft vor dem Training eine Ibuprofen von den Physiotherapeuten und habe dann im Training immer noch eine halbe Stunde die Zähne zusammenbeißen müssen, bis die Muskeln warm und die Schmerzen weg waren.

Im Spaß habe ich unseren Athletiktrainer, der das Einlaufen vor dem eigentlichen Training mit uns gemacht hat, gefragt, ob wir statt linksrum nicht mal rechtsrum laufen könnten. Selbst da war das Schmerzempfinden bei mir ein anderes. Nach dem Training war ich dann auch oft der Letzte, der aus der Kabine kam, und zwar aus dem gleichen Grund, warum ich morgens der Erste war.

So sah in Darmstadt fast jeder Tag aus, aber Fußballspielen hat mir einfach noch zu viel Spaß gemacht, um damit schon aufzuhören, und aussetzen kam für mich nicht infrage. Ich war ja auch nicht wirklich verletzt, es tat einfach nur weh. Wenn ich getapt war und eine Ibu drin hatte, konnte ich sogar durchspielen. Jetzt im Nachgang merke ich, dass es vielleicht besser gewesen wäre, die Belastung zwischendurch mal für eine oder zwei Wochen komplett herunterzufahren. Aber durch die hohe Intensität beim Training und den Spielen und dem ständigen Rhythmus der hohen körperlichen Belastungen wäre der Schmerz sicher auch dann wiedergekommen, wenn ich eine Weile ausgesetzt hätte. In der Zeit musste ich einfach damit leben.

Zu Kiel-Zeiten habe ich oft mit Marc Heider zusammengesessen, der den gleichen Musikgeschmack wie ich hat, und gesagt: Jetzt müssen wir zu Profizeiten auf so viel verzichten und teilweise mit Schmerzen zum Training oder ins Spiel gehen. 2030 ist dann unser Jahr. Da sehen wir uns im „Tomorrowland“, und dann geben wir Gas!

Aber mit den Jahren wurden die Schmerzen und der Tribut, den man dem Körper zollen musste, nicht nur bei mir größer, sondern auch bei Marc. Den Traum vom „Tomorrowland“ haben wir immer noch. Allerdings ganz komfortabel mit Stuhl in der ersten Reihe. Wir nahmen und nehmen unsere körperlichen Beschwerden mit Humor und wollen vielleicht wirklich mal das nachholen, was man über die Jahre und während der laufenden Saison an Entbehrungen in Kauf nehmen musste.

Also gingen wir mit Markus Anfang als neuem Trainer in die kommende Saison. Da ich einer der erfahrenen Spieler war und seine Spielphilosophie schon kannte, habe ich versucht, die anderen Spieler mit ins Boot zu holen. Von den Spielzeiten, die ich bekam, waren es weniger, als ich mir erhofft hatte. Im Nachgang bin ich so ehrlich, dass ich sage, dass es mir aufgrund meiner Schmerzen guttat, nicht mehr jedes Spiel zu machen. So fiel schon mal ein intensiver Tag in der Woche, der Spieltag, weg. Ich kam so das Jahr über die Runden und war mannschaftsdienlich. Das war immer mein Credo, dass man nur als Mannschaft bestehen kann. Wieder waren wir durch die Pandemie in unserer Fußball-Blase, obwohl zwischendurch wieder die Diskussion aufkam, alles für eine gewisse Zeit zuzumachen. Dann kam die Regelung, dass man zu zweit sein durfte, was für mich ohne Familie in Darmstadt gut war, weil ich so viel Zeit mit Mathias Honsak verbrachte. Er hatte eine schöne Wohnung mit Dachterrasse, auf der wir viel Zeit verbrachten und das gute Wetter genossen, um die Zeit so gut es ging rumzubekommen.

Irgendwann war es dann so, dass wir in ein sogenanntes Corona-Trainingslager gingen und uns zwei Wochen vor Saisonende im Hotel einquartieren mussten. Viele hatten diverse Nintendos oder Playstations mit. Wir hatten zur Abwechslung auch Billardtische und Dartscheiben im Hotel, das auch von einem Golfplatz umgeben war, also Unterhaltung hatten wir wirklich genug.

Die Saison mit den Lilien lief gut, wir kamen im DFB-Pokal ins Achtelfinale und schieden gegen Holstein Kiel erst im Elfmeterschießen aus. In der Liga spielten wir die beste Rückrunde der Vereinsgeschichte, was uns den siebten Tabellenplatz einbrachte.

Der letzte Spieltag in Kiel hatte die Konstellation, dass wir mit Darmstadt mit darüber entschieden, ob Kiel aufstieg oder nicht. Holstein war Zweiter und wäre mit einem Sieg in die Bundesliga aufgestiegen. Auch für Markus Anfang war das nicht einfach mit seiner Holstein-Vergangenheit.

Es tut schon weh, dass du weißt, dass Holstein aufsteigt, wenn sie gegen dich gewinnen, du aber natürlich alles geben musst. Rund um das Holstein-Stadion herrschte schon lange vor Spielbeginn eine Wahnsinnsstimmung. Es wurde mein letztes Spiel im Profibereich und ich sah und traf eine Menge bekannter Gesichter, was mich sehr freute.

Markus Anfang wechselte mich ein und gönnte mir dieses letzte Spiel, wir gewannen in Kiel und die anderen Ergebnisse liefen so gegen Holstein, dass sie in die Relegation gegen den 1. FC Köln mussten, wo sie es ja dann leider nicht geschafft haben. Sehr emotional für mich, und über den Sieg freuen konnte ich mich nicht wirklich. Im Gegenteil, ich sprach eher Alex Mühling und Hauke Wahl gut zu und versuchte sie aufzumuntern.

In diesem Jahr habe ich mir natürlich in meinem leicht fortgeschrittenen Fußballeralter Gedanken über die Zeit nach Darmstadt gemacht. Ich war mir aber klar darüber, dass eine weitere Vertragsverlängerung in Darmstadt für mich nicht mehr infrage kommen würde, und der Verein wollte im Grunde auch nicht mehr verlängern. Es sollte wieder in den

Norden gehen, die Pendelei nervte und ging an die Substanz.

Eine lustige Randnotiz ist vielleicht noch, dass ich eines Abends – ich glaube, da waren dann noch zwei oder drei Spiele zu absolvieren – meinen Umzug selbst organisierte und einen Bulli, den ich vom Verein geliehen bekam, vollud. Geschlafen habe ich dann die Nacht auf einer Isomatte mit Rucksack als Kopfkissen, weil am nächsten Morgen Training war. Danach habe ich dann mit meinen Klamotten den Weg nach Kiel in Angriff genommen. Wobei das wirklich nur ein Ausladen und ein kurzes Hallo mit meiner Familie war, weil es dann in das ein Stück weiter oben bereits erwähnte Corona-Trainingslager ging.

Mein Berater machte da einen guten Job und sondierte den Markt von der zweiten bis zur vierten Liga. Durch Corona verschoben sich die Transferaktivitäten der Vereine sehr nach hinten, und selbstverständlich streckte ich meine Fühler auch wieder in Richtung Holstein Kiel aus. Ole Werner war zu der Zeit noch Trainer und hatte mit Dirk Bremser einen erfahrenen Co-Trainer bekommen, aber auch jetzt stand ich nicht als Nummer eins auf der Holstein-Liste. Irgendwann lief dann die Zeit weg.

Ein Verein, den ich zu Holstein-Zeiten immer im Auge hatte, war Weiche Flensburg, weil viele ehemalige Kieler den Sprung gerade gegen Ende ihrer Karriere in die vierte Liga nach Flensburg machten. Den Kontakt zu Christian Jürgensen hatte ich und fragte selbst mal nach, wie es denn aussehen würde, obwohl klar war, dass ich nicht ins Budget passen würde. Aber Geld war für mich an der Stelle zweitrangig, vielleicht könnte man einen Weg finden, doch zusammenzukommen. Vielleicht würde die Möglichkeit bestehen, nebenbei etwas zu machen. Eine Ausbildung oder einen Job, der einem nach dem Fußball auch weiterhilft. Es gab viele Sponsoren, die ich noch aus Kieler Zeiten kannte, die mir helfen wollten und denen ich sehr dankbar bin. Wobei ich dann feststellte, dass ich kein Typ Büromensch bin. Bei dem, was ich mache, muss ich mich wohlfühlen.

Ich kam dann auf die Idee, eine Ausbildung bei der Polizei zu machen. Da ich Abi gemacht hatte, wäre es möglicherweise in den gehobenen Dienst gegangen. Dort durchlief ich dann das Bewerbungsverfahren, was wirklich heftig war in Bezug auf die ganzen Tests, die da gemacht wurden. Ich war, glaube ich, zudem fünfmal beim Arzt. Es gab dann auch verschiedene Tests. Von der Allgemeinbildung über IQ-Tests und von einem Diktat über das Halten eines Referats wurde wirklich alles verlangt.

Ich war mir dann nicht mehr sicher, ob das wirklich etwas für mich ist, und ließ es bleiben.

Aber sportlich gesehen kam ich auch nicht wirklich weiter. Die Saisonvorbereitung bei den meisten Vereinen lief schon und ich hatte weder einen Verein noch eine vernünftige Alternative. Ich hielt mich also zu Hause selbst fit, bis ich dann bei der zweiten Mannschaft von Holstein fragte, ob ich mich da fit halten dürfte und am Trainingsbetrieb teilnehmen konnte. Das durfte ich tatsächlich und unterschrieb dann zwei Wochen später bei Weiche Flensburg.

Wir fanden einen Weg, der für beide Seiten gut war, und zudem hatte ich ein sehr gutes Gespräch mit Thomas Seeliger, dem aktuellen Trainer, auch einem ehemaligen Bundesligaspieler.

Wir sprachen dann darüber, wie es wäre, im zweiten Vertragsjahr als spielender Co-Trainer auf dem Platz zu stehen, wobei ich das eigentlich von Beginn an war, weil ich dem Trainer viel bei der Videoanalyse geholfen habe und auch sonst sehr viel mit ihm im Kontakt war. Ich beschloss dann, mich darauf zu konzentrieren, und machte im zweiten Jahr meinen Trainerschein, aber dazu komme ich später.

In meinen Augen ist Weiche ein absolut ambitionierter und seriös geführter Verein in der vierten Liga. Zudem hatten sie sich für die erste DFB-Pokal-Hauptrunde qualifiziert, was ihnen ein Heimspiel gegen Holstein Kiel brachte.

Mein erstes Training war zwei Tage vor dem Pokalspiel und ich war ein bisschen überrascht über die „entspannte" Stimmung. Wir übten das Konter- und Umschaltspiel, und wenn ein Ball ohne Druck des Gegners ins Aus gespielt wurde, lachten die Jungs darüber. Das kannte ich so nicht und ich sprach mit einigen Jungs, die ich schon kannte, nach dem Training darüber. Die beruhigten mich aber und versicherten, dass im Training schon mal der Spaß im Vordergrund stehe, aber am Spieltag dann alle da und entsprechend fokussiert wären. Das beruhigte mich, und das stellte ich zwei Tage später wirklich fest. Am Tag, an dem wir gegen Holstein spielten. Ich freute mich wirklich über das Wiedersehen und die Tatsache, wieder DFB-Pokal spielen zu dürfen.

Das Spiel gegen Holstein war sicher eines der schönsten in meiner Karriere, und es kamen eine Menge Zufälle zusammen, sodass man schon denken konnte, dass es irgendwie genau so sein musste.

Im Spiel selbst waren wir gegen ein zwei Klassen höher spielendes Team sehr defensiv eingestellt und haben uns auf schnelles Umschalten konzentriert. Das haben wir in der regulären Spielzeit sehr ordentlich gemacht. Dann kam die Verlängerung, in der Holstein in Führung ging und ich den Ausgleich machte, was an sich schon eine Anekdote wert ist, weil ich – die Karrierestatistik befindet sich ja im Buch – nicht gerade als Goalgetter bekannt geworden bin.

Mir schoss nach dem Ausgleich sofort mein erstes Spiel für Holstein durch den Kopf, wo ich auch im ersten Spiel und auch im DFB-Pokal getroffen hatte, damals gegen Energie Cottbus. Das hatte ich schon geschrieben, aber irgendwie gehört es auch an diese Stelle des Buches.

Das Spiel ging weiter, Holstein ging wieder in Führung, und wir gaben nicht auf. Gleich im ersten Spiel einhundertzwanzig Minuten gehen zu müssen, ohne eine richtige Vorbereitung – ich hatte mich ja nur zwei Wochen bei der U23 von Holstein fit gehalten und mittrainiert –, ist schon richtig anstrengend.

Ich hatte schon bei meinem Ausgleichstor einen Krampf bekommen, ging aber trotzdem in die zweite Hälfte der Verlängerung. Was soll ich sagen, ich habe wieder den Ausgleich gemacht und konnte es im Grunde selbst nicht glauben. Ein wahnsinniges Erlebnis, aber leider setzte sich dann am Ende auch ein Stück weit die Erfahrung durch und die Störche behielten mit 4:2 die Oberhand.

Was ich so auch noch nie erlebt hatte, war, dass bei meinen Toren nicht nur das Heimpublikum jubelte, sondern auch die Kieler. Das war wirklich schön, und später wurde ich zum Spieler des Matches gewählt, auch eine schöne Anerkennung.

In den Ligabetrieb starteten wir erfolgreich und spielten konstant oben mit. Wir spielten nie den schönsten Fußball, dominierten auch selten ein Spiel, gewannen aber unsere Spiele und wunderten uns manchmal selbst. Aber wir waren immer mit Herz und Leidenschaft dabei, und meistens war es eine Standardsituation, die das Pendel in unsere Richtung ausschlagen ließ, sodass wir das Spiel in der Regel mit einem Tor Unterschied gewannen und eine gute Saison spielten. Was ich jetzt gar nicht geschrieben habe, mir aber gerade einfällt, ist, dass die Jungs mich super aufgenommen haben und in Flensburg ein wirklich starker Zusammenhalt herrscht. Aber ich muss auch sagen, dass ich jetzt nicht mehr jeden Mannschaftsabend mitmache und einfach froh bin, nach der Pendelei in Darmstadt Zeit mit meiner Familie verbringen zu können. Wobei ich jetzt natürlich auch von Kiel nach Flensburg pendele, aber das ist wirklich überschaubar.

Unsere Liga, das vielleicht mal zur Erklärung, war in zwei Ligen zu jeweils zwölf Mannschaften unterteilt. Dann gab es eine Aufstiegsrunde, wo dann noch mal die halbe Liga gegeneinander spielen musste. Die Punkte, die man gegen andere Teams aus der Aufstiegsrunde geholt hatte, durfte man mitnehmen. Wenn man dann Erster wurde, musste man noch in die Relegation gegen den Ersten der Regionalliga Nordost. Das war schon superkomplex, und teilweise blickte man selbst nicht so richtig durch den Modus. Wir wurden Vizemeister, hatten uns wahrscheinlich insgeheim mehr erhofft, aber ich finde, Vizemeister ist nicht ganz so verkehrt.

Wenn man im ersten Jahr Vizemeister wird, geht man natürlich mit einer entsprechenden Erwartungshaltung in die zweite Saison. Irgendwie lief diese aktuelle Saison unrund, in deren Schlussspurt wir uns befinden, während ich hier gerade diese Zeilen in den Laptop tippe.

Der Start war nicht so verkehrt, aber irgendwann lief es dann nicht mehr so rund wie im Vorjahr und der Wurm war drin. Wir haben dann auch vergessen, uns auf die Basics zu konzentrieren. Auf das, was uns ausmacht, wie Zweikämpfe zu gewinnen, wovon diese vierte Liga geprägt ist. Wenn ich jetzt im Sport1 Doppelpass wäre, würde ich die Phrase mit dem „weniger Fehler machen als der Gegner, denn wer mehr Fehler macht, verliert", bringen. So haben wir viele Punkte liegen lassen, und dadurch entstand auch eine gewisse Unruhe innerhalb der Mannschaft. Das hat mir auch hinsichtlich einer möglichen Trainerkarriere gezeigt, dass Ruhe im Verein und eine gemeinsame Richtung, ein gemeinsamer Weg, die Grundlagen für sportlichen Erfolg sind. Der Ausgangspunkt von allem.

Spieler waren unzufrieden; diejenigen, die nicht gespielt haben, konnten Verschiedenes nicht nachvollziehen, was an Trainerentscheidungen getroffen wurde, unabhängig davon, ob sich das als richtig oder falsch herausstellte. Und dann ging es so weit, dass der Verein sich von Thomas Seeliger trennte und ihn freistellte. Der Co-Trainer wurde kurzfristig der Interimscoach, wobei der natürlich auch noch viel lernen musste, weil ihm die nötige Erfahrung fehlte. Eine Idee vom Fußball, den er spielen lassen wollte, hatte er, und es wurde von den Ergebnissen her auch kurzfristig besser, aber auf Strecke brachte diese Lösung nicht den Erfolg, den sich der Verein vorgestellt hatte.

So ging der Verein auf Trainersuche und verpflichtete zur Rückrunde mit Benjamin Eta einen jungen Trainer, der bei seiner letzten Station mit dem Bremer SV von der Oberliga in die Regionalliga aufgestiegen war. Er hatte eine klare Spielphilosophie und hat den Spaß zurück in die Mannschaft gebracht. Sicher hat auch in der Rückrunde nicht alles geklappt, aber wenn der Trainer eine Woche vor Beginn der Rückrunde zur Mannschaft stößt, kann er keine Automatismen entwickeln.

In dieser Zeit, also in der Hinrunde, habe ich meine Trainer-B-Lizenz gemacht und wurde, wenn es nicht anders ging, auch dafür freigestellt. Mein Ziel ist es definitiv, als Trainer weiterzukommen und die entsprechenden Scheine zu machen. Ich möchte dem Fußballgeschäft gerne erhalten bleiben und wenn ich nicht mehr Spieler bin, die Seiten wechseln.

Für die B-Lizenz nahm ich an einem Pilotprojekt teil, das komplett neu aufgearbeitet wurde. Wir sind mit fünfundzwanzig Teilnehmern gestartet und trafen uns monatlich, was fast einem Klassentreffen-Charakter gleichkam. So entstand ein schöner Zusammenhalt, und wir haben auch viel gearbeitet, teilweise ging das wirklich von morgens bis abends, und dann musste man noch Dinge für den nächsten Tag vorbereiten.

Mein letztes Spiel wurde dann das Landespokalfinale gegen den VfB Lübeck, die eine sehr gute Saison spielten und in unserer Liga Meister wurden. Dass es das letzte Spiel für mich werden sollte, wusste ich zu diesem Zeitpunkt, an diesem Tag noch gar nicht. Natürlich gab es Gespräche mit Benjamin Eta, zu dem ich, wie gesagt, gleich von Beginn an einen sehr guten Draht hatte. Er konnte sich für die neue Saison sowohl den Spieler Patrick Herrmann als auch den Co-Trainer Patrick Herrmann vorstellen. Von einem spielenden Co-Trainer war er allerdings nicht sonderlich begeistert.

Ich musste mich also entscheiden, obwohl noch ein festangestellter weiterer Co-Trainer zum Trainerstab gehörte und somit eigentlich kein Platz für mich war. Daher wusste ich nicht, dass das Spiel gegen die Hansestädter wirklich das letzte Spiel meiner Karriere werden würde.

Die Partie vor vollem Haus war offen und wogte hin und her, sodass wir torlos in die Kabine gingen. Wir erwischten den besseren Start in die zweite Halbzeit und gingen noch vor der sechzigsten Minute in Führung. Diese Führung konnten wir bis in die Schlussphase verteidigen. Sechs Minuten vor Schluss erwischte es uns dann und wir mussten den Ausgleich hinnehmen.

Leider verloren wir das Spiel durch eine für uns unglückliche Situation, die wir im eigenen Strafraum nicht klären konnten, in der vierten Minute der Nachspielzeit. Das Spiel war aus und ich wusste nicht, wie es weitergehen würde, auch eine eigenartige Situation, als auf dem Spielfeld die Siegerehrung und Pokalübergabe stattfand.

Auf einmal kamen mir die Tränen, ohne dass ich wusste, woher das kam. Normalerweise hatte ich gelernt, mit Niederlagen umzugehen, und wenn Sie mein Buch bis hierher gelesen haben, wissen Sie, dass es davon ein paar wirklich heftige gab. Vielleicht spürte ich in diesem Moment tief in mir, dass es den Fußballspieler Patrick Herrmann nie mehr geben würde.

Nach dem Spiel ging es erst mal dinner-for-one-mäßig mit Familie Heider in den Türkeiurlaub. Nach und nach trudelten ein paar Spieler vom VfL Osnabrück ein, mit denen Marc zusammengespielt hatte. Wir waren somit eine größere Gruppe und verlebten eine entspannte, unbeschwerte Zeit fernab vom Leistungssport.

Wieder zu Hause besprachen wir meine Zukunft in einer Telefonkonferenz mit Vertretern des Vereins und des Hauptsponsors. Ein offenes und gutes Gespräch, in dem wir alle zu dem Schluss kamen, dass ich in Zukunft ausschließlich im Trainerstab arbeiten würde.

Um an dieser Stelle gegen Ende des Buches nicht zu wehmütig zu werden, erzähle ich noch eine Geschichte, die mir vor ein paar Tagen im Türkeiurlaub eingefallen ist, obwohl die Jahreszeit, in der sie spielte, eine andere war.

Tiefster norddeutscher Winter. Ich weiß nicht mehr, ob es in meinem ersten Jahr in Kiel war oder im zweiten, auf jeden Fall bildeten wir mit einigen Spielern eine Fahrgemeinschaft. Wir wohnten damals quasi noch auf der anderen Seite der Förde und unternahmen in unserer Freizeit viel miteinander. Auf dem Weg zum Training mussten wir immer am Werftpark vorbei, und da bekamen wir Lust, den „Berg" mal herunterzurasen. Keiner von uns hatte allerdings Zubehör wie einen Schlitten, geschweige denn ein Paar Skier. Zudem hatten wir als Profisportler auch nicht gerade wahnsinnig Lust darauf, dabei beobachtet zu werden. Was blieb uns dann? Richtig! Wir mussten uns nachts oder wenigstens am späten Abend treffen, um dann ungestört den „Berg" hinunterzurasen. Es war dann nach zehn und stockdunkel. Ausgemacht war, dass jeder einen Gegenstand mitbringen sollte, mit dem es dann abgehen sollte. Zwei hatten ein Backblech dabei, ich bin vorher extra noch in den CITTI-Park gefahren und habe mir ein Skateboard gekauft. Zu Hause habe ich erst mal die Rollen abgemacht und versucht, das Board mit Kerzenwachs zu präparieren, damit es später am Abend richtig schnell war, so wie die Rodler im Fernsehen.

Das hat auch super funktioniert und wir hatten einen Heidenspaß, so lange, bis einem von uns auffiel, dass sein Autoschlüssel weg war. Das beendete unsere Rodelgaudi abrupt, denn jetzt hieß es: Schlüssel suchen. Im Dunkeln und mit einem halben Meter Schnee kein einfaches Unterfangen, und so dauerte es sicher eine halbe Stunde, bis wir den Schlüssel endlich fanden.

Was für ein Abend.

Was, wie ich finde, ebenfalls in so einer Biografie nicht fehlen darf, gerade weil man natürlich auch des Öfteren darauf angesprochen und gefragt wird, sind die bekanntesten beziehungsweise besten Gegenspieler, die man hatte, und die geilsten Stadien, in denen man gespielt hat.

Bei den Gegenspielern ist es so, dass sie zu dem Zeitpunkt, wo ich gegen sie gespielt habe, auch noch relativ am Anfang ihrer Karrieren standen und bisher nicht so bekannt waren.

In der Jugend fand einmal im Jahr der Länderpokal statt, wo ich für die Niedersachsenauswahl nominiert war. Davon habe ich ziemlich zu Beginn schon berichtet, aber Jérôme Boateng war schon klasse. Man konnte in diesem Alter schon sehen, dass er ein begnadeter Fußballer war. Zu der Zeit spielte er noch nicht auf der Innenverteidigerposition, sondern war eher der Sechser. Ein mega Fußballer mit einem richtig feinen Fuß.

Mesut Özil, der für die Westfalenauswahl aktiv war, hat alle überragt und keinen einzigen Ball verloren. Von meinem ersten Spiel im Herrenbereich für Hannover gegen Schalke habe ich ebenfalls schon erzählt, aber das Duell gegen Ivan Rakitić wird mir auch immer in Erinnerung bleiben. Er war damals schon ein guter Spieler, aber explodiert ist seine Karriere später beim FC Barcelona. Im Nachhinein schade, dass ich mit ihm kein Trikot tauschen konnte, das wäre eine coole Erinnerung gewesen.

In dem Jahr, als der VfL Wolfsburg Meister wurde, durfte ich von Beginn an gegen Edin Džeko spielen, der mit seinem Sturmpartner Grafite die erste Liga ziemlich auseinandergenommen hat. Ich habe keinen Stich gegen ihn gesehen, einfach ein kompletter Stürmer.

Bei Holstein Kiel kreuzten sich dann meine Wege mit denen von Eric Maxim Choupo-Moting, der im DFB-Pokal-Spiel gegen den FSV Mainz eingewechselt wurde. Er war damals schon talentiert, aber noch nicht der Spieler, der er dann bei Paris Saint-Germain oder beim FC Bayern wurde. Mit dem habe ich übrigens nach dem Spiel das Trikot getauscht. Von meinem Duell mit Robert Lewandowski und unserem Trikottausch wissen Sie ebenfalls schon, aber bei dieser Aufzählung hier sollte er nicht fehlen. Mein direkter Gegenspieler in diesem Spiel gegen den BVB war Ivan Perišić, der auch richtig gut war. Im DFB-Pokal gegen den VfB Stuttgart hatte ich es mit Filip Kostić zu tun, der auch noch relativ unbekannt war und den ich in diesem Spiel, denke ich, ganz gut im Griff hatte. Ein wirklich klasse Stürmer ist er dann bei Eintracht Frankfurt geworden.

Selbstverständlich gibt es auch Stadien, in denen ich gespielt habe, die für mich aus unterschiedlichen Gründen außergewöhnlich waren, und dabei geht es nicht um die Kapazität.

Wieder nenne ich zuerst mein erstes Spiel als Profi, mit Hannover auf Schalke. Das Stadion mit dem Rasen, den sie rein- und rausfahren konnten, wie auch das Schiebedach, war schon beeindruckend. Da spielen zu dürfen, war klasse. Aus der Spielerkabine kommend, musste man zuerst ein paar Treppen heruntergehen, dann konnte man den Platz nicht sehen, weil er auf einem fahrbaren Untersatz war. Man musste also erst wieder einige Treppen hochgehen, um auf das Spielfeld zu gelangen. Dieser Moment, dann auf dem Platz in dieser Arena zu stehen, die auch noch sehr gut besucht war – ein toller Moment.

Das Rudolf-Harbig-Stadion in Dresden mit dem ungeheuren Fan-Support ist auch ein echtes Erlebnis, wenn da Menschen wie eine Wand stehen und ihren Verein unterstützen.

Ebenfalls ein Highlight war das Spiel mit Holstein in Leipzig, mit denen wir uns in der vierten Liga duellierten. Das Stadion wurde, glaube ich, extra zur WM 2006 angefertigt, und so konnte der Verein das Stadion auch in der vierten Liga nutzen, obwohl es dafür eigentlich viel zu groß war. Auf dem Weg zur Gästekabine gab es eine Tür, an die mit Stollen getreten worden war. Der Stollenabdruck war nicht ausgeglichen, sondern eingerahmt worden, denn er stammte von niemand anderem als Zinédine Zidane.

Eines der für mich schönsten Stadien ist der Betzenberg in Kaiserslautern, wo schon der Weg mit dem Bus zum Stadion eng ist und von Fans gesäumt wird. In die Kabine gelangt man mit einem Fahrstuhl, was auch nicht üblich ist. Das Stadion ist eng, die Fans sind nah dran und machen eine Megastimmung.

In der Allianz-Arena in München zu spielen, war schon geil, obwohl wir mit den Löwen im Grunde gegen die „falsche" Münchener Mannschaft gespielt haben. Ein Riesenstadion mit drei Stockwerken. Schon die Anfahrt war heftig, weil das Stadion in den Vereinsfarben der Heimmannschaft leuchtete.

Die Alte Försterei von Union Berlin bei unserem Auswärtsdebüt mit Holstein in der zweiten Liga wird mir auch in Erinnerung bleiben. Wir verloren 3:4 und das Spiel ging die ganze Zeit hin und her. Die Kulisse war der Wahnsinn in diesem schmalen und engen Stadion im Berliner Stadtteil Köpenick.

Zu guter Letzt muss ich in dieser kleinen Aufzählung natürlich auch das Stadion des Hamburger SV nennen, sicher nicht eines der schönsten, aber mit einem unglaublichen Charme ausgestattet. Gerade wenn man mit Holstein Kiel zu Gast im ehemaligen Volkspark war. Unser erstes Spiel, in dem wir 3:0 gegen den HSV gewannen, werde ich nie vergessen, genauso wie die Prognose von Felix Magath, der als TV-Experte das gleiche Ergebnis voraussagte, allerdings für den HSV.

Das Millerntor des FC St. Pauli mit dem Riesenrad neben dem Stadion hat auch einen sehr speziellen Charakter, wenn man auf dem Weg zum Platz den Qualm der rauchenden Fans eingeatmet und sich manchmal gefragt hat, was das eigentlich für merkwürdige Zigaretten gewesen sein mögen.

Über den Autor

Patrick Herrmann erzählt, wie es ist, wenn man in acht Jahren als Spieler bei Holstein Kiel zum Publikumsliebling wird.

Wie es ist, wenn Tausende Menschen die Nennung deines Nachnamens durch den Stadionsprecher, mit einem lang gezogenen »Fußballgott« bei jedem Heimspiel, begleiten.

Patrick Herrmann erzählt vom Siegen und Verlieren. Von der Relegation, die 2015 eine ganze Stadt in ein Tränenmeer tauchte und vom Aufstieg zwei Jahre später, der die gleiche Stadt in einen Ausnahmezustand versetzte. Davon, wie es ist, wenn der andere »Fußballgott« es will, dass du zwei Tage bei deinem neuen Verein bist und ausgerechnet gegen Holstein Kiel spielst und zu all dem auch noch zwei Tore machst und das als Verteidiger.